행복은 크기가 아니라 빈도입니다

행복은 크기가 아니라 빈도입니다

빠다킹 신부의 행복 수업

조명연 지음

파람북

Nihil Obstat:
Presbyter Raphael Jung
Censor Librorum

Imprimatur:
Ioannes Baptista JUNG shin-chul, S.T.D., D.D.
Episcopus Incheonensis
die VIII mensis Aprilis, anno Domini MMXXV

행복은 크기가 아니라 빈도입니다
빠다킹 신부의 행복 수업

2025년 4월 8일 교회인가(천주교 인천교구)

초판 1쇄 인쇄	2025년 5월 2일
초판 1쇄 발행	2025년 5월 9일
지은이	조명연
펴낸이	정해종
펴낸곳	(주)파람북
출판등록	2018년 4월 30일 제2018-000126호
주소	경기도 파주시 회동길 480 아트팩토리엔제이에프 B동 222호
전자우편	info@parambook.co.kr
인스타그램	@param.book
페이스북	www.facebook.com/parambook/
대표전화	031-935-4049
편집	현종희
디자인	이승욱
ISBN	979-11-7274-045-0 03810

나와 '다름'을 기쁘게 인정하고 응원해주기를

다음에서 정답은 무엇일까요?

① 2+2=4   ② 2+2=10   ③ 2+2=11

④ 2+2=100   ⑤ 2+2=덧니.

아마 ①번이 정답이라고 말씀하시는 분이 많을 것 같습니다. 그러나 ①번부터 ⑤번까지 모두 정답입니다. 왜냐면 다른 진법으로 계산했기 때문입니다. ①번은 10진법으로 계산했을 때, ②번은 4진법으로, ③번은 3진법으로, ④번은 2진법으로 계산했을 때 정답이기 때문입니다. 그렇다면 ⑤번은 왜 정답일까요? 난센스 문제(이를 더하고 더하면 덧니가 됩니다)로 봤을 때의 정답입니다.

세상을 어떻게 바라보느냐에 따라 정답도 달라집니다. 그런데 많은 이가 자기 시각만을 정답이라고 생각합니다. 그래서 자기와 다른 것을 틀렸다고 말하곤 합니다. 분명 틀린 것이 아닌데 말입니다.

이 '다름'을 인정할 때 함께할 수 있는 여지가 많아지고, 평화를 체험할 수 있게 됩니다. 그러나 세상은 다름을 부정하려 합니다. 이념이 다르다고, 성이 다르다고, 종교가 다르다고, 세대가 다르다고…. 이 다름을 틀렸다고 단정하면서 화를 내거나 무시합니다. 함께 살 수밖에 없는 이 세상인데, 절대로 함께 살 수 없다며 편을 가르고 있습니다.

운전하다 보면 길을 잘못 들어설 때가 있습니다. 그러나 대부분은 걱정하지 않습니다. 왜냐면 내비게이션이 얼른 길을 재탐색해 주기 때문입니다. "새로운 경로를 탐색하겠습니다."라는 안내와 동시에 새 경로를 빠르게 찾아줍니다. 내비게이션은 안내를 따르지 않고 잘못된 길을 갔다고 해서 화를 내지도 원망하지도 않습니다. 다른 길도 있기 때문입니다. 그런데 우리는 왜 자기와 다른 길을 간다고 원망하고 화를 낼까요?

사랑이 넘치는 이 세상이 되었으면 합니다. 나와 다름을 기쁘게 인정하고 받아주기를, 오히려 응원하고 지지해주기를, 그래서 함께하는 우리가 되기를 바랍니다. 그리고 실제로 그런 세상이 될 수 있다고 믿습니다. 그러한 마음으로 11번째 책을 내게 되었습니다. 부족함이 많은 저이지만, 이 부족함도 받아줄 수 있는 세상임을 믿기 때문입니다.

차례

3장 함께하는 기적, 타인이라는 천국

4장 우리를 구원하는 사랑의 힘

1장

내 삶의 주인이 되는 긍정 에너지

3개의 긍정적 정서 만들기

잘 아는 분이 사업을 시작했습니다. 좋은 아이템이었고, 분명히 성공할 것이라는 확신이 있었기에 과감히 전 재산을 투자했습니다. 그런데 확신했던 바와 달리 사업은 실패하고 말았습니다. 그러나 포기하지 않았습니다. 실패를 경험 삼아 방향을 바꿔서 마침내 큰 성공을 거둘 수 있었습니다.

성공한 그는 과거의 실패를 어떻게 바라볼까요? 지우고 싶은 과거라면서 그때 일에 대해 후회할까요? 아닙니다. 그는 그 실패에 오히려 감사했습니다. 그 실패가 지금의 자신을 만들었다면서 말이지요.

종종 과거의 일 때문에 현재가 힘들다는 분을 만납니다. 과거 있었던 부모의 학대가 떠올라 괴롭다거나, 친구의 배신으로 자신이 처지가 이렇다면서 도저히 못 살겠다고도 합니다. 과거의 실패라고 할 수 있는 그 일이 지우고 싶은 시간처럼 보이는 이유는 무엇일까요? 아마 지금 잘 살지 못하기 때문이겠죠. 지금을 잘 사는 사람은 과거 탓, 남 탓을 하지 않습니다. 과거의 일과 사람이 지금의 나를 만들어 주었다면서 오히려 감사해합니다.

이런 측면에서 우리 각자는 부정적 감정의 소용돌이에 빠져들 수도 있거니와, 또 그곳에서 빠져나올 수 있는 결정을 할 수 있음을 깨닫습니다. 수렁에 빠졌어도 어떻게 빠져나올 수 있는지 스스로 결정할 수 있습니다. 지금 부정적 감정 안에 빠져들었다고 자각한다면, 스스로 부정적 감정 속에서 빠져나가야 한다는 결정이 필요합니다.

자신의 힘을 믿어야 합니다. 부정적 마음보다 긍정적 마음을, 미움과 질투보다 사랑과 감사의 마음을 갖게 되면서 이 세상을 더 잘 살 수 있습니다.

그렇다면 긍정적 생각만 있고, 부정적 생각이 없으면 과연 행복할까요? 고통은 없고 기쁨만 존재하는 것이 과연 이상적인 행복이라고 말할 수 있을까요? 그렇지 않습니다. 사실 인간의 DNA 안에는 부정적 감정이 내재해 있습니다. 그래서 선사시대에 가장 약한 존재인 인간이 멸종되지 않고, 오히려 만물의 영장이 될 수 있었다고 하지요. 왜냐면 부정적 생각 때문에 자그마한 위험 신호에도 얼른 피하고, 멀리 사나운 짐승이 보이면 빨리 도망칠 수 있어 살아남을 수 있었습니다. 만약 긍정적 마음만 있어, '나와 친구가 될 수 있을 거야.'라는 생각으로 사나

운 맹수에게 다가갔다면 어떻게 되었을까요?

지금도 실수를 줄이고 자신의 안정을 위한 부정적 생각은 필요합니다. 그렇지만 100% 부정적 생각만 있으면 당연히 살아갈 수 없습니다. 우리 마음 안에 긍정적 정서와 부정적 정서가 모두 필요할 텐데, 거기에도 이상적인 비율이 있겠죠. 심리학자들은 연구 결과를 토대로 긍정적 정서와 부정적 정서의 비율을 제시했습니다. 3대 1, 정확히 말하면 긍정적인 정서 2.9와 부정적인 정서 1의 비율이었습니다. 이런 비율을 갖춘 사람이 직업 성취도, 대인관계 원만도, 상사의 긍정 평가도가 그렇지 않은 사람보다 압도적으로 높았습니다.

부정적 정서가 많아지면 마음뿐만 아니라 신체에서부터 불면증, 두통 같은 증세가 나타납니다. 긍정적 정서의 수치를 높여야 할 때입니다. 부정적 정서 하나에 3개의 긍정적 정서가 만들어져야 합니다. 그래야 이 세상을 잘 살 수 있습니다.

후회가 나침반이 되려면

유명한 심리학자가 어느 대학 강연에서 다음과 같이 말했습니다.

"보통 심리학적 혹은 정신과적 질병은 대략 100여 가지 유형이 있다고 봅니다. 현재 이에 대응할 1,000여 종류의 치료 약물이 개발되었으며, 관련 연구 논문 역시 1만 편이 넘습니다. 하지만 나는 40년 넘게 환자들을 만나고 상담하면서, 환자들이 앓고 있는 문제가 사실은 그렇게 복잡하지 않음을 알았습니다. 딱 두마디면 설명할 수 있습니다. 그게 무엇일까요?"

어떤 사람도 명쾌하게 대답하지 못하자 심리학자가 미소 지으며 말했습니다.

"그 두 마디는 이것입니다. '진작 알았더라면.'"

우리는 이런 말을 정말 많이 합니다. '열심히 공부했더라면 떨어지지 않았을 텐데….' '일을 줄이고 가족과 더 많은 시간을 보냈더라면 이렇게 후회하지 않을 텐데….' '그때 곧바로 병원에 갔더라면 고생하지 않았을 텐데….' 그러나 지나간 일에 대한 후회는 자신을 우울하게 할 뿐입니다. 따라서 다른 생각이 필요합니다.

후회가 있어야, 그 후회가 인생의 나침반이 되어 올바른 길로 나아갈 수 있다고 말합니다. 그러나 후회만 하다가 과거에 매몰된다면, 지금을 제대로 살지 못하고 미래도 바라보지 못하는 것입니다.

지나간 일에 대한 후회보다 지금 해야 할 일을, 그리고 앞으로 가야야 할 길을 바라볼 수 있어야 합니다. 혹시 이런 말도 많이 쓰지 않습니까?

"힘들어 죽겠네. 배불러 죽겠네, 웃겨 죽겠네, 귀여워 죽겠네, 창피해 죽겠네…."

사실 신부가 되기 전에 제가 자주 썼던 말입니다. 그런데 제 어머니께서 살아계셨을 때, 저의 이런 말을 듣고는 이렇게 말씀하시곤 했습니다.

"예수님 믿으면서 그런 말 쓰면 안 된다. '살겠다'라고 해야지. 왜 자꾸 '죽겠다'라는 말을 쓰니?"

생각해보니 너무나 습관적으로 '죽겠다'라고 말했습니다. 그렇다면 제가 진짜로 죽고 싶어서 이런 말을 했을까요? 아닙니다. 모든 상황을 부정적인 말로 표현했던 것입니다. 말이 이러니 생각은 어떨까요?

이 세상을 잘 살려면 부정적 생각보다는 긍정적 생각으로, 과거에 연연하기보다는 미래에 대한 희망으로, 지금을 충실하게 살아야 합니다. 따라서 말부터 긍정의 말이 되어야 합니다.

생각보다 '죽겠네'라는 말을 많은 사람이 사용합니다. 그들과 달리 '살겠네'라는 말을 사용하는 사람이 되어야 하지 않을까요?

나의 긍정적 성향은?

참가자에게 모두 똑같은 방식으로 조리한 소고기 패티를 제공했습니다. 단지 겉에 적혀있는 라벨링 문구에 차이가 있을 뿐이었습니다. 참가자 절반이 받은 소고기 패티에는 '살코기 함량 75%'라고 적혀있었고, 나머지 참가자가 받은 소고기 패티에는 '지방 함량 25%'라고 적혀있었습니다. 즉 라벨링 문구만 다를 뿐 똑같은 소고기 패티였습니다. 그리고 이 라벨링 문구도 같이 보면 차이가 없음을 알 수 있습니다. 살코기 함량 75%라는 것은 곧 지방 함량 25%를 의미하기 때문입니다. 그렇다면 어떤 소고기 패티를 시식한 사람이 맛에 대해 긍정적인 평가를 했을까요?

'살코기 함량 75%'라고 적힌 요리를 맛본 사람이 '지방 함량 25%'라고 적힌 요리를 먹은 사람보다, 고기 패티가 덜 기름지고 더 담백해서 맛과 품질이 모두 좋다고 평가했습니다. 분명 똑같은 소고기 패티였습니다.

부정적 성향을 받아들이면 올바른 판단을 하기 힘듭니다. 종종 물건을 사기 위해 인터넷 게시판에 적힌 상품평을 보곤 하는데, 부정적인 상품평을 보면 이 물건을 사는 데 망설이게 됩니다. 부정적 성향을 받아들였기 때문입니다.

주님과 함께하는 삶에서 부정적 성향은 주님에게서 멀어지게 합니다. 분명히 신앙생활을 통해 많은 힘을 얻는데도, 남이 하는 부정적 말에 자신의 신앙을 내려놓기도 합니다. 이런 말을 듣고서 자신은 신앙생활을 하지 않겠다고 하시는 분도 있지요.

'종교에 빠지면 가족을 돌보지 않는다, 종교에 빠지면 이상한 행동을 한다. 종교는 아편이다.'

긍정적 성향을 보여야 합니다. 그래야 더 힘차게 기쁨의 삶을 살 수 있게 됩니다. 행복이 멀리에 있지 않음을 깨닫습니다.

이런 흥미로운 연구 조사 결과가 기억납니다. 공연을 관람하고 나온 사람을 대상으로 조사한 것입니다. 먼저 공연을 보고 나서 만족도가 높은 사람은 평균 3명에게 좋았다고 이야기했고, 그렇지 못한 사람은 평균 10~11명에게 불만을 이야기한다는 것입니다. 이는 긍정적 감정보다 부정적 감정이 더 강하고 길게 유지된다는 사실을 보여주는 결과입니다.

실제로 타인에 대한 칭찬은 그 수명이 오래가지 않습니다. 반면 타인에 대한 불만은 그 수명이 오래간다는 점을 잘 알 수 있습니다. 그래서 이 세상 안에는 부정적 감정이 가득한 것처럼 보입니다. 그렇다면 어떤 감정이 이 세상 안에 가득해야 살기 좋다고 할 수 있을까요? 당연히 긍정적 감정이 많아야 살기 좋은 세상이 되어 기쁨이 가득할 수 있습니다.

부정적 감정을 키워가는 삶을 살아서는 안 됩니다. 그보다 긍정적 감정이 더 커질 수 있게 노력해야 합니다. 그래야 자기 삶도 행복으로 나아갈 수 있습니다. 이를 위해 먼저 각자가 긍정적 감정에 집중할 수 있어야 합니다. 부정적인 말과 행동에는 침묵으로써 더는 그것들을 확대하지 않도록 하고, 긍정적인 말과 행동에는 계속해서 확대하려는 노력을 아끼지 말아야 할 것입니다.

명확한 꿈과 목표

"우리는 장애물을 만나 목표에서 멀어지는 게 아니다. 눈앞에 보이는 덜 중요한 목표를 추구하다가 진정한 목표에서 멀어진다."

미국의 작가 로버트 브로Robert Breault의 말로, 크게 공감되는 글입니다. 어떤 사람이 산 정상을 향해 힘차게 걸어가는데, 조금 이상한 기분이 들었습니다. 정상이 아닌 다른 곳으로 가는 것 같았습니다. 그래서 얼른 지도를 펼쳐보니, 예상처럼 산 정상과 전혀 다른 쪽으로 가고 있음을 알게 되었습니다. 이때 어떤 마음이 필요할까요?

첫 번째, '어차피 길은 하나로 통한다고 하잖아? 가다 보면 다시 정상으로 가겠지.'

두 번째, '그냥 산에 가기만 하면 되잖아? 굳이 정상에 가지 못했어도, 이 산은 간 거지.'

이런 마음으로는 산 정상에 오를 수 없습니다. 산 정상이라는 목표를 결정했다면 산 정상만을 바라보고, 그곳을 향해 걸어야 합니다. 우리 삶 안에서도 목표만을 봐야 합니다. 이런 예를 생각해보십시오. 사랑하는 아들이 다쳤습니다. 다친 아이를 데리고 어디로 가야 할까요? 당연히 병원이고 병원만을 바라보고 바쁘게 뛰어야 할 것입니다. 이처럼 무엇을 해야 할지 분명히 알아야 합니다.

종종 외부 강의를 나갑니다. 그런데 어느 날은 강의하러 가기가 너무 싫은 것입니다. 어떻게 했을까요? 싫다고 가지 않았을까요? 아닙니다. 당연히 강의하러 갔습니다. 반드시 해야 할 중요한 일이기에 하기 싫다고 해서 하지 않을 수는 없기 때문입니다.

중요한 목표를 소홀히 해서는 안 됩니다. 물론 그 순간에는 작고 중요하지 않아 보이기도 합니다. 그러나 그 목표를 바라보고 실천해 나갈 때, 목표에 가까워지면서 엄청난 결과를 체험할 것입니다.

막스 플랑크 생물학적 인공 두뇌학 연구소의 과학자들은 실험 참가자들을 울창한 숲으로 데리고 가서 "직선으로 걸어가라."라는 간단한 지시를 했습니다. 이 숲속에는 실험 참가자들을 안내하는 어떤 표지판도 없었습니다. 그래서 그들은 자신의 방향 감각과 똑바로 걸을 수 있는 능력에만 의존해야 했습니다.

실험이 끝난 후 몇몇 참가자는 자신이 직선 경로에서 벗어나지 않았다고 확신했습니다. 그러나 GPS 분석을 관찰하니, 그들은 심한 경우에는 지름 20미터 이내의 원을 그리며 걸었다는 사실을 알게 되었습니다. 실험 결과는 다음과 같습니다.

'자신의 걷는 방향에 대한 믿을 만한 단서가 없으면, 실제로 원을 그리며 걷는다.'

걷는 것만 해당하는 것이 아닙니다. 인간의 삶도 이런 모습에서 벗어나지 않는다고 합니다. 즉 삶 안에서 명확한 이정표가 앞에 없으면, 인간은 말 그대로 다람쥐 쳇바퀴 돌듯이 앞으로 나아가지 못하고 원을 그리는 삶을 살게 됩니다. 살아가면서 계속해서 무엇인가를 하지만, 원을 그리며 앞으로 나아가지 못합니다.

나의 꿈과 목표가 명확해야 합니다.

꿈은 이루어진다

1953년 미국 예일대학교에서 졸업생들에게 장차 이루고 싶은 꿈을 말하라고 했습니다. 그런데 3%만이 인생의 구체적인 목표와 계획을 써서 제출했다고 합니다. 97%는 그저 생각만 하거나 생각조차도 없었습니다. 그리고 20년이 지나 이들이 어떻게 사는지 조사했더니, 놀랍게도 3%의 졸업생이 나머지 97%를 모두 합친 것보다 더 큰 부와 사회적 지위를 누렸다고 합니다.

1979년에 하버드대학교에서도 똑같은 조사를 했습니다. 그런데 결과는 같았습니다. 3%가 나머지 97%보다 무려 10배나 많은 수입을 올렸습니다.

뚜렷한 목표가 있는 사람과 그렇지 않은 사람의 차이는 분명히 큽니다. 실제로 심리학에는 '자기실현적 예언 효과'라는 것이 있습니다. 공개적으로 발언하면 거기에 맞춰 자신의 태도를 변경하는 경향이 있어서, 실제 현실로 이루어진다는 것입니다.

'말은 씨가 된다.'라고 하지 않습니까? 그래서 목표를 세우고 이를 말로써 계속 밝혀야 한다고 합니다. 그러다 보면 어느 순간 목표에 다다를 수 있습니다.

문제는 대부분의 사람이 목표 자체를 세우지 않아서 어느 방향으로도 나아가지 못하고 있다는 점입니다. 자신의 꿈을 현실로 만들면 멋질 것 같지 않습니까?

꿈을 말할 때는 '동사형'으로

"어렸을 때, 꿈이 뭐였어요?"라고 물으면, 다양한 직업군이 등장하는데 하나같이 꿈의 내용이 '명사형'입니다. 대통령, 과학자, 의사, 교수, 운동선수…. 그런데 이렇게 꿈이 명사형인 경우, 이루지 못하거나 또 꿈을 이루었어도 후회한다고 합니다.

저는 어렸을 때 꿈이 '신부'였습니다. 분명히 꿈을 이뤘습니다. 문제는 정작 신부가 되고 나서 혼란에 빠졌습니다. 미래에 대한 구체적인 내용이 없었던 것입니다. 신부가 되기는 했지만, 얼마 지나고 나서는 그렇게 행복하지 않았습니다.

꿈을 말할 때는 '동사형'으로 말해야 한다고 합니다. 예를 들어, 신부라는 단순한 직업으로서 꿈이 아니라 '주님의 사랑을 세상에 적극적으로 전달하는 신부'라는 식의 동사형 의지가 담겨 있는 꿈이 되어야 합니다. 실제로 이렇게 꿈을 재지정해서 더 열심히 강의를 준비하고, 또 열심히 글을 쓰게 되었습니다. 주님 사랑을 전달하는 수단으로 말과 글을 정했기 때문입니다.

그런 이유로 책도 많이 읽고, 계속해서 교육받습니다.

여기서 한 가지 주의 사항이 있습니다. 동사형으로 표현하더라도 뜬구름잡기식 설정은 안 된다는 점입니다. '돈 많이 버는 것' '사람들보다 더 행복하게 사는 것', 이런 식은 결과를 정확하게 낼 수 없기에 꿈의 실현은 아주 묘연해집니다.

자기 꿈을 동사형으로 표현해야 합니다. 미래를 지향하며 구체적인 내용을 동사형으로 표현할 수 있을 때, 그토록 바라던 꿈에 더 가까워질 것입니다.

인위적인 행복 촉진제

올림픽에서 금지 약물 복용으로 크게 문제가 된 적이 있습니다. 어느 나라는 자국의 이름조차 쓰지 못하고 올림픽에 출전하는 망신을 당하기도 했습니다. 여기서 궁금한 점이 생겼습니다. 도대체 이 금지 약물이 선수들의 신체에 어떤 영향을 미치냐는 것이었습니다.

금지 약물이 근육의 양을 순간적으로 늘어나게 하고 강화해서 신체적 능력이 향상되는 것으로 알고 있었습니다. 그런데 이렇게 강화된 근육만으로는 운동 결과가 그렇게 좋아지지 않는다고 하더군요. 그보다는 다른 이유가 있었습니다. 바로 금지 약물은 인위적 행복 촉진제였던 것입니다. 복용하는 즉시 마음이 들뜰 정도로 행복감이 생기면서 자신감이 동반됩니다. 어려운 훈련도 극복할 수 있다는 자신감을 얻게 됩니다.

행복은 이렇게 놀라운 힘이 있습니다. 인간의 능력을 끌어올리며 목표에 도달할 수 있게 해줍니다. 여기서 문제가 있습니다. 많은 이가 이 행복을 어떤 조건에서만 주어지는 것으로 믿습니다. 즉 돈 많이 벌고, 높은 지위에 오르고, 건강하고…. 그러나 그 상황보다 더 중요한 것은 바로 마음이었습니다. 작은 것 하나에도 만족하는 사람만이 행복을 간직하게 됩니다.

뇌에서 분비되는 여러 신경 전달 물질 중에 '아난다마이드'라는 화학 물질이 있습니다. 산스크리트어로 '행복'이라는 뜻으로, 인간에게 만족감과 행복감을 느끼게 하는 신경 전달 물질입니다. 아프리카나 남아메리카에서 사는 민족에게서 이 물질이 많이 나온다고 합니다. 그렇다면 '아난다마이드'가 적게 나오는 민족은 어디일까요?

바로 한국인입니다. 하드웨어 자체가 쉽게 행복해질 수 없는 뇌였던 것입니다. 그래서 불행한 민족일까요? 아닙니다. 쉽게 만족을 느끼지 못하니 더 행복하고 좋은 미래를 위해 열심히 일하고 공부했던 것입니다. 이를 통해 우리나라는 눈부신 발전을 이룩했습니다.

우리와 비슷한 민족이 또 있습니다. 이 나라 사람들도 기본적으로 '아난다마이드' 물질이 적게 분비된다고 합니다. 바로 유대인입니다.

작은 것에 만족하는 삶도 좋지만, 계속해서 만족을 위해 노력하는 삶도 나쁘지 않은 것 같습니다. 그러나 만족 없이 사는 삶은 매우 힘들어 보입니다. 그래서 '행복의 빈도'를 늘리는 삶이 필요합니다. 큰 행복 하나를 위해 온 힘을 쏟는 것이 아니라, 작은 행복을 자주 만들어 만족도를 키우는 삶이 필요합니다.

행복은 크기순이 아닙니다

전 세계적으로 인기를 끌었던 드라마 〈오징어게임〉 시즌 1을 기억하는 분이 많습니다. 이 드라마의 거의 후반부 장면에서, 이 게임을 기획하고 직접 참여했던 오일남 회장이 병원 침대에 누워서 주인공에게 이런 질문을 합니다.

"자네, 돈이 하나도 없는 사람과 돈이 너무 많은 사람의 공통점이 무엇인지 아나?"

주인공이 아무런 대답을 하지 못하자, 이렇게 말합니다.

"재미없다는 것일세."

특히 돈 많은 사람은 무엇이든 다 해봐서 매사에 시큰둥하다고 말합니다. 돈 없는 사람의 경우를 이야기하지는 않지만, 여기서 돈 없는 사람은 아마 돈 많은 사람을 부러워하는 사람, 그래서 자기 자리에서 만족하거나 성장하지 못해서 포기하고 좌절하는 사람일 것입니다.

돈이 아무리 많아도 행복도는 크게 변하지 않는다고 합니다.

하긴 새 주택을 구하고, 원하는 물건을 구매하면 처음에는 행복도가 높지만 계속해서 그 행복도를 유지하지 못합니다. 어느 순간이 되면 그 전과 같은 상태가 된다고 하지요. 그래서 돈만으로는 행복할 수 없다고 주장하는 학자도 많습니다. 그런데 캐나다 브리티시컬럼비아대학교 심리학과 엘리자베스 던Elizabeth Dunn 교수와 하버드대학교 경영대학원의 마이클 노튼Michael Norton 교수는 돈으로 행복을 높이는 좋은 방법을 이렇게 제시합니다.

"돈으로 경험을 구매하라."

물건은 점차 남루해지고 유행도 바뀌고 지겨워지지만, 가령 여행지에서 새로운 경험은 시간이 지날수록 달콤해진다고 이야기합니다. 특히 좋은 사람과 함께한 경험을 많이 만들면 행복을 높일 수 있다고 주장합니다. 하지만 파멸로 이끌 수 있는 경험을 사는 것은 경계해야 한다고 말합니다.

파멸로 이끌 수 있는 경험은 지속할 수 있는 행복이 아닙니다. 예를 들어 가정을 파괴하는 외도, 자신을 파괴하는 마약류 섭취, 다른 이의 몰락을 위해 부정적인 말과 행동을 하는 것 등은 순간의 만족을 가져올 수 있을지는 모르지만, 지속되지 않습니다. 오히려 자신을 파멸로 이끌 뿐입니다.

심리학자 에드 디너Ed Diener는 말했습니다.

"행복은 기쁨의 강도가 아니라 기쁨의 빈도에 따라 결정된다."

돈이 많거나, 돈이 없거나 기쁨의 강도만 찾는 사람은 재미있을 수 없습니다. 그러나 '돈' 하나에 국한되지 않고, 삶 안에서 이루어지는 수많은 기쁨을 간직한다면 어떨까요? 기쁨의 빈도가 늘어나면서 누구보다 행복한 사람이 될 수 있습니다.

기쁨의 강도를 키우겠습니까? 아니면 기쁨의 빈도를 더하겠습니까?

직선의 삶

"인간의 시간은 원형으로 돌지 않고 직선으로 나아간다. 행복은 반복의 욕구이기에 인간이 행복할 수 없는 것도 이런 이유 때문이다."

밀란 쿤데라의 소설 『참을 수 없는 존재의 가벼움』에 나오는 구절입니다. 저자는 주인공의 개 카레닌이 더 행복하다고 말하지요. 개는 반복되는 일상에서도 욕구를 충족하는 원형의 삶을 살기 때문이라고 합니다. 개는 같은 곳을 산책해도 즐거워하고, 매일 보는 주인의 귀가를 문 앞에서 기다리다가 문을 열고 들어오면 꼬리치며 달려와 안기고 핥습니다. 더 높은 것, 더 많은 것에 욕심내지 않고 순간순간에 만족하며 행복해합니다.

인간은 개가 아닙니다. 밀란 쿤데라의 말처럼 직선으로 나아가는 삶을 지향하기에 반복을 싫어합니다. 그래서 이때 강조되는 것이 '인내'입니다. 하지만 같은 삶의 반복이 아닌 순간의 의미를 찾는다면 행복해질 수 있습니다. 전혀 다른 삶을 사는 것처럼 될 수 있습니다.

직선의 삶은 의미를 찾아 나가는 삶입니다. 많은 것, 높은 자리라는 의미가 아닌, 길에 필 꽃 한 송이에 웃음을 띠고, 아이의 웃음소리에 행복할 의미를 간직하는 것입니다. 겉으로 보기에는 똑같은 일상의 반복처럼 보이지만, 전혀 다르게 사는 삶이 될 수 있습니다. 이렇게 직선의 삶에서도 행복할 수 있는 우리입니다.

매 순간이 행복의 통로

『행복의 기원』(21세기북스, 2024)을 쓴 서인국 교수는 자신의 책에서 행복을 이렇게 말합니다.

"사랑하는 사람과 음식을 먹는 것."

너무 간단한 것이 아닌가 싶지만, 행복임이 분명합니다. 좋은 사람과 함께 있는 것도 행복인데, 여기에 음식까지 같이 먹게 되는데 어떻게 행복이 아니라고 할 수 있겠습니까? 이렇게 생각해보면 행복이 아닌 것이 있을까 싶습니다. 문제는 행복을 다른 곳에서만 찾기 때문에 일어납니다. 일상 안에서 쉽게 누릴 수 있는 행복은 당연히 가져야 할 삶으로 생각하고, 특별한 상황으로 얻게 될 것만이 진짜 행복이라고 착각한다는 것입니다. '행복은 크기가 아니라 빈도'라는 어느 학자의 말이 떠오릅니다. 크기만을 생각하는 행복은 어디에도 없습니다. 자그마한 행복의 반복이 진정으로 우리를 행복하게 해줍니다.

매 순간이 행복의 통로입니다. 내가 원하는 것을 얻지 못해서 불행하다고 말할 것이 아니라, 자기가 체험하는 모든 것이 행복임을 느낄 수 있어야 합니다. 행복을 누리는 사람만이 어떤 상황도 슬기롭게 이겨내게 됩니다.

좋아하는 일과 잘하는 일 중에서 하나를 선택해야 한다면 무엇을 선택하겠습니까? 또 어떤 것을 선택해야 행복할까요?

어렸을 때, 운동선수가 되려고 했던 적이 있습니다. 사람들에게 잘한다는 말을 계속 듣다 보니, 운동선수가 되어야 행복할 것으로 생각했습니다. 그런데 훈련하면서 잘한다는 것이 너무나 힘들고 괴로웠습니다. 더 잘해야 한다는 강압에 결국 포기하고 말았습니다. 잘했지만 엄청난 훈련의 강도에 스스로 행복하지 않았던 것입니다. 그리고 무엇보다 저보다 더 잘하는 사람이 너무 많다는 것이 포기하게 했습니다. 비선수로는 이 정도로 충분했지만, 선수로는 이 정도로 명함도 내밀 수 없었기 때문입니다.

성공을 위해서는 잘하는 일을 더 잘해야 할 것입니다. 그러나 행복을 위해서는 좋아하는 일을 해야 합니다. 초보라도 상관없습니다. 좋아하는 일 자체가 큰 기쁨이 될 수 있기 때문입니다.

자기 행복을 위해 좋아하는 일을 찾아야 했습니다. 좋아하는 것 하나 없으면 도저히 살 수 없습니다. 기쁨 없이 힘든 삶을 살 수밖에 없습니다.

채움과 비움

행복의 욕망 충족 이론을 단순하게 공식화하면 다음과 같습니다.

'행복＝소유have／욕망want'

행복은 욕망을 줄이거나 소유를 늘릴 때 커진다는 점을 이 공식을 통해 분명히 알 수 있습니다. 첫째, 소유를 놀리는 방법은 '채움의 길'이라 할 수 있습니다. 그런데 소유가 늘어난다고 해서 반드시 행복한 것은 아닙니다. 욕망이 너무 크면 소유가 다른 이에 비해 많다고 해도 행복하지 않게 됩니다. 따라서 두 번째 방법이 중요합니다. 욕망을 줄이는 것으로, '비움의 길'이라고 할 수 있습니다.

행복지수를 높이기 위해 공식의 분자(소유)와 분모(욕망) 중 어디에 초점을 두느냐에 따라 삶의 모습이 현저하게 달라집니다. 그러나 무엇보다 편하게 행복의 길을 갈 수 있는 것은 욕망을 줄이는 수밖에 없습니다.

미국 노스웨스턴대학교의 심리학자 필립 브릭먼Philip Brickman과 그의 동료들은 거액 복권 당첨자와 척추 손상 환자들의 삶을 조사했습니다. 대다수 복권 당첨자는 당첨 초기에 행복감이 급격하게 상승했지만, 1년이 되지 않아 행복도가 당첨 이전 수준 또는 그 이하로 복귀하는 것이었습니다. 반대로 사고로 사지가 마비되어 회복될 가능성이 없는 척추 손상 환자들은 초기에는 절망감에 휩싸여 자살까지도 생각했지만, 시간의 흐름에 따라 행복도가 서서히 회복되어 나중에는 복권 당첨자보다 더 행복도가 올라갔습니다. 소유를 늘리는 채움의 삶보다 욕망을 줄이는 비움의 삶이 중요하다는 점을 보여주는 조사 결과입니다.

이 비움의 삶을 통한 행복을 생각하며, 행복의 전염성을 생각해보았으면 합니다. 이는 실제로 많은 학자의 연구 조사로 밝혀진 결과입니다. 이 행복은 반드시 접촉이 필요한 것도 아니었습니다. 주변에 행복이 있으면 전파되어 행복지수를 높여줍니다. 발표된 내용을 보면, 자신이 행복하면 내 친구가 행복해질 가능성이 15% 증가한다고 합니다. 그런데 더 놀라운 사실은 자기가 행복하면 직접적인 연관이 없는 친구의 친구가 행복해질 가능성이 10% 증가한다는 것입니다. 그렇다면 더 직접적인 연관이 없는 내 친구의 친구의 친구가 행복해질 가능성은 어떻게 될까요? 0%가 되어야 할 것 같은데, 사실 6%나 증가한다고 합니다.

결국 나의 행복을 나와 직접적인 사람에게뿐만 아니라, 전혀 상관없는 사람에게도 전파할 수 있다는 것입니다. 그렇다면 나와 가까운 사람이 행복하지 않다고 말하는 이유를 조금 더 생각할 수 있게 됩니다. 맞습니다. 내가 행복하지 않기 때문이었습니다.

홈런보다는 유효타

스포츠 경기를 좋아합니다. 그중에서도 특히 야구를 좋아합니다. 야구를 보다 보면 1점 차로도 승리가 결정되는 경우가 많습니다. 특히 응원하는 팀이 이기면 짜릿한 희열을 느끼게 됩니다.

9회 말, 투아웃에 올라온 선수가 있습니다. 주자는 꽉 차서 만루입니다. 여기서 1점만 내면 승리를 가져올 수 있습니다. 그런데 올라온 타자가 홈런을 노리는지 스윙이 너무 큽니다. 그러면 야유가 울려 퍼질 것입니다. 지금은 멋지고 호쾌한 홈런이 아니라, 안타로 무조건 1점만 내면 되기 때문입니다.

우리 삶도 그렇지 않을까요? 통쾌함을 느낄 홈런 같은 삶을 원하는 우리입니다. 엄청난 부를 획득하는 것, 높은 지위에 오르는 것, 내가 원하는 대로 이루어지는 것 등이 홈런을 바라는 삶입니다. 그러나 홈런 타자들의 공통점이 있습니다. 삼진을 많이 당한다는 점입니다. 스윙이 커지니 정확도가 떨어지고 그래서 아웃을 많이 당합니다.

삶의 승리를 위해 홈런만 있어야 할까요? 안타, 사구도 승리하는 데 결정적 역할을 합니다. 홈런 한 개만 딱 친 팀과 안타 10개 친 팀이 있습니다. 어느 팀이 이겼을까요? 안타 10개 친 팀의 압도적인 승리가 예상됩니다. 행복을 위해서 안타 많은 삶이 필요합니다.

이는 심리학에서도 계속해서 강조하는 말입니다. '행복은 크기보다 빈도다'라는 말입니다. 큰 행복 한두 번보다는 작은 행복을 여러 번 경험할 때, 스스로 행복한 사람이라고 말한다는 것입니다. 실제로 우리 뇌는 감정의 크기보다 빈도를 중요하게 생각합니다. 그래서 불행도 마찬가지라고 말합니다. 즉 불행은 크기보다 빈도입니다.

그렇게 큰 아픔 같지도 않은데, 자신에게 왜 이런 일이 생기냐면서 불행하다고 말하는 사람이 있습니다. 커다란 불행을 경험했기 때문이 아니라, 작은 불행을 여러 번 경험해서 스스로 불행한 사람이라고 말하는 것입니다(물론 트라우마처럼 감당할 수 없을 만한 극단적인 경험은 예외입니다).

결국, 작은 행복에 집중할 수 있는 삶이 필요합니다. 밥 한 끼 먹으면서도 행복을 느낄 수 있으며, 아침에 일어나는 것도 행복을 느낄 수 있는 소중한 순간입니다. 직장 생활도 또 하나의 행복이고, 가족이 있고 친구가 있다는 것 역시 작은 행복의 이유가 됩니다. 그런데 이를 불행으로 생각하는 사람도 있습니다.

이런 것을 먹어야 하느냐고 투정하고, 아침의 시작을 짜증으로 하고, 직장에 안 나갔으면 좋겠다는 말을 입버릇처럼 내뱉고, 가족 때문에 또 친구 때문에 너무 힘들다고 생각합니다. 이런 생각을 통해 작은 불행이 가득해지는 것입니다.

행복의 빈도를 늘려야 합니다. 자기 마음만 똑바로 세운다면, 나의 일상 전체가 작은 행복의 이유가 될 것입니다.

버티고 이겨내면서 희망을 바라보십시오

빅터 프랭클Viktor Emil Frankl의 『죽음의 수용소에서』를 보면, 아우슈비츠 수용소에서도 사람들이 웃었음을 알 수 있습니다. 그들은 열심히 웃을 일을 찾았습니다. 옹기종기 모여 앉아서 우스갯소리를 나누며 고통을 이겨냈습니다. 매일 밤 하나씩, 재미있는 이야기를 만들어서 서로에게 들려주는 시간을 갖기도 했습니다. 주제는 '우리가 석방된 후에 벌어질 수 있는 재미있는 일들'이었습니다. 그날을 상상하며 배꼽 잡으며 웃었다고 하네요.

아우슈비츠라는 죽음의 수용소, 결국 가스실로 끌려가 죽을 수밖에 없다는 유대인 강제 수용소입니다. 말로만 듣고 책이나 영상을 통해 보게 된 '아우슈비츠'라는 공간은 죽음만이 있고 어떤 희망도 없어 보입니다. 그러나 이 죽음의 한가운데에서도 유머를 통해 희망을 간직하고 있었습니다.

지금 이 죽음의 수용소에 감금되어 있지 않으면서도, 웃을 일이 없다고 단정 짓는 사람이 많아 보입니다. 우리 안에는 어떤 상황에서도 희망을 만들 힘이 있는데도, 그 힘을 무시하고 그냥 그 힘을 버렸던 것이 아니었을까요?

우리 삶은 죽음의 수용소가 아닙니다. 따라서 안 좋은 상황만 볼 것이 아니라, 희망을 바라봐야 합니다.

잘 알다시피 어떤 사람의 인생이든지 상관없이 모두에게는 고난과 역경이 주어집니다. 그 순간 도저히 이겨낼 수 없는 것처럼 보입니다. 그러나 노력하다 보면 또 이를 악물고 버티면 그 시간도 어느 순간 지나갔음을 발견할 수 있게 됩니다. 오히려 그 힘든 시간을 바라보며, '그때가 좋았어.'라고 말하기도 합니다. 좌절, 절망, 포기는 '그때가 좋았어.'라고 말할 수 있는 시간을 내게 빼앗을 뿐입니다. 그래서 고난과 역경의 시간에서도 흔들리지 않는 마음이 중요합니다. 즉 이런 때일수록 제때 밥 먹고, 일찍 자고, 일찍 일어나면 예전처럼 살 수 있게 됩니다.

이런 사람이 스스로 감당할 수 있는 사람이 아닐까요? 하지만 일상의 삶을 벗어나 밥 대신 술을 마시고, 평소와 다르게 늦게 자고 늦게 일어난다면 예전과 같은 삶을 절대로 살 수 없게 됩니다.

인생의 성공은 화려한 재주를 통해서 이루어지지 않는 것 같습니다. 젊었을 때는 능력과 재주를 많이 지닌 사람이 부러웠습니다. 그러나 이제는 어떤 순간에서도 흔들리지 않고, 일상의 삶을 똑같이 사는 사람이 훨씬 부럽습니다.

추운 겨울이라고 삶을 포기하는 사람은 없습니다. 따뜻한 봄이 분명히 다가올 것이기 때문입니다. 추운 겨울, 앙상한 가지만 남은 나무를 보며 나무가 죽었다고 이제 끝이라고도 말하지 않습니다. 싹을 품고 꽃을 피울 양분을 저장하는 겨울임을 잘 알기 때문입니다.

우리 삶도 마찬가지입니다. 따라서 버티고 이겨내야 합니다. 그리고 내일을 기대해야 합니다.

후회가 실패를 돌아보게 합니다

젊었을 때는 행동한 것에 대한 후회가 큽니다. 그러나 50대를 넘어서면서는 행동하지 않은 것에 대한 후회가 2배 이상 많다고 합니다.

미국 일리노이주에 있는 켈로그 경영대학원 양 왕 연구팀은 신임 과학자들이 국립 보건원에 제출한 연구 보조금 신청서를 조사했습니다. 연구팀은 보조금을 받을 수 있는 기준선에 걸친 신청서 1,000장을 검토했습니다. 15년 동안 지원자의 절반이 보조금을 받았습니다. 그리고 아깝게 떨어진 이들은 작은 차이로 보조금을 받지 못함에 크게 후회했습니다. 그런데 흥미로운 점이 발견되었습니다. 앞서 미세한 차이로 보조금을 받지 못한 과학자들이 보조금을 받은 과학자들보다 더 나은 성과를 냈다는 사실입니다. 주목받는 논문도 보조금을 받지 못한 과학자들의 것이 21%나 더 많았습니다.

후회가 실패를 돌아보게 했던 것입니다. 이 후회의 핵심은 '성찰'이며, 후회에는 더 나은 삶을 위한 단서가 숨어 있었습니다.

행동한 것에 대한 후회보다 행동하지 않은 것에 대한 후회가 훨씬 크다는 것을 알 수 있습니다. 그 순간에는 실패의 행동이 되더라도, 더 나은 성장의 가능성은 행동하는 것 자체에서 생기기 때문입니다. 따라서 후회가 되더라도 우선 행동할 수 있어야 합니다. 후회한 뒤에 포기하고 좌절에 빠진다면, 성장의 가능성도 그 순간에 바로 닫히게 됩니다.

프랑스 인상주의 화가 클로드 모네가 생각납니다. 인상주의의 창시자로 서양 미술사에서 가장 중요하고 유명한 화가 중 하나로 꼽힙니다. 대상을 뚜렷하고 명확하게 표현하는 전통 회화 기법을 거부하고, 빛에 따라 실시간으로 변화하는 대상의 색과 형태를 포착해 그리는 인상주의로 당대 미술계의 새로운 움직임을 일으킨 것입니다. 그런데 그는 말년에 화가에게 치명적인 시련을 맞이하게 됩니다. 백내장으로 인한 시력 악화로 더는 그림을 그릴 수 없다는 선고를 받았기 때문입니다. 이제 그림 그리는 것을 포기했을까요? 만약 포기했다면, 명작이라고 평가받는 그의 〈수련〉 연작을 볼 수 없었을 것입니다. 잘 보이지 않았지만, 이를 새로운 눈으로 바라보면서 오히려 새로운 세상을 볼 수 있었다고 그는 말합니다.

누구나 어떤 어려움으로 힘든 시기를 맞이하기도 합니다. 사실 이때가 새로운 눈으로 새로운 세상을 봐야 할 때입니다. 그러나 많은 이들이 좌절하고 포기하곤 합니다. 새로움으로 새로운 시작을 하지 못하고, 아무것도 하지 못하는 시간만 보낼 뿐입니다.

행동한 것에 대한 후회보다 행동하지 않은 것에 대한 후회가 훨씬 크다는 것을 잊지 마십시오.

걱정하지 않기

우리 주변에서는 앞으로의 일에 대해서 미리 염려하며 걱정하는 사람을 볼 수 있습니다. 그들은 이렇게 말하곤 하지요.

"이 일을 언제 다 하지? 이제 나는 죽었다. 어휴….."

그러나 미리 염려하며 탄식하다 보면 일 때문이 아니라 염려 때문에 먼저 지친다고 합니다. 프랑스 속담에 이런 말이 있습니다.

'풀을 베는 농부는 들판의 끝을 보지 않는다.'

풀을 베려는 농부가 들판의 끝을 보며 "저 많은 들의 풀을 언제 다 베지?"라는 푸념만 하면, 의욕도 잃고 일도 끝내지 못하기 때문입니다.

끝을 보면서 미리 걱정해서는 안 됩니다. 그보다 지금에 더 충실할 때, 어느 순간 모든 것이 정리된 끝에 다다라 있음을 발견하게 될 것입니다.

현대인의 가장 큰 질병은 스트레스라고 하지요. 시험을 앞둔 학생만이 아닙니다. 직장 생활을 하는 사람도 스트레스를 많이 받으며, 아무 일 없이 가만히 있는 사람도 스트레스가 있다고 합니다. 솔직히 스트레스를 앓고 있지 않은 사람이 과연 있을까 싶습니다. 복잡하고 다양한 사회 안에서 어쩔 수 없다고 해야 할까요? 스트레스는 면역체계에 이상 반응을 일으켜서, 자가면 역질환 환자가 갈수록 늘어나게 한다고 합니다.

미국 스탠퍼드대학교 로버트 새폴스키Robert M. Sapolsky 교수는 그의 책 『얼룩말은 왜 위궤양에 걸리지 않을까?』에서 사자의 추격을 성공적으로 물리친 얼룩말은 다시 평화롭게 눈앞의 풀을 뜯어 먹는다고 말합니다. 자신을 공격했던 사자를 떠올려 분노하지도 않고, 내일 또 사자가 나타나면 어떻게 하냐고 미리 걱정하지도 않습니다. 그저 지금 여기에 집중할 뿐, 그러다가 다시 사자가 나타나면 그때 다시 열심히 도망칩니다.

과거도, 미래도 생각하지 않고 오로지 지금에 충실하니 스트레스로 인한 위궤양에 걸리지 않는다는 것입니다. 그런데 우리 인간은 어떤가요? 끊임없이 걱정하고 있습니다. 두려움이 가득하면서 편도체가 계속 활성화됩니다. 여기서 스트레스가 나오고, 신체의 건강도 조금씩 잃게 됩니다.

끝을 보면서 미리 걱정하지 마십시오.

지금이 중요합니다.

정리의 힘

《뉴욕타임스》 베스트셀러 1위에 오른 곤도 마리에近藤麻理惠의 『정리의 힘』이라는 책이 있습니다. 곤도 마리에는 세계 최고의 정리 컨설턴트로 유명한데, 정리하지 못함을 '버리기'를 하지 못하기 때문이라고 말합니다. 솔직히 옷장, 책상 서랍, 책꽂이에 있는 것을 과감하게 버리기란 쉽지 않습니다.

곤도 마리에는 옷걸이에 걸린 옷, 서랍 안에 들어있는 것, 신발장에 놓은 신발 등 모든 물건을 꺼내서 바닥에 쏟아버리라고 합니다. 산더미처럼 쌓인 물건을 바라보면, 그렇게 귀하게 보이지 않게 되고, 내 것처럼 보이지 않는다는 것입니다. 그리고 그 안에서 내게 필요한 것을 찾으라고 합니다. 마음에 들지 않는 옷을 사지 않듯이 크기가 맞지 않는 옷 등은 과감하게 선택에서 제외하고, 책 역시 지금 사지 않을 것 같은 책을 선택에서 제외하라는 것입니다.

머리가 복잡할 때가 있습니다. 이것도 해야 하고 저것도 해야 하고…. '언젠가는 해야 하는데….'라면서 계속해서 후회할 일이 늘어날 뿐이었습니다. 생각을 정리하지 못하기 때문입니다. 따라서 때로는 생각을 한군데에 쌓아둘 필요가 있습니다. 차마 버리지 못한 생각, 내가 선택하지 않을 생각을 버려야 지금 무엇을 해야 할지 분명해집니다. 죽어도 해결될 수 없다고 생각되는 문제를 선택하지 않겠지요. 순간의 만족만을 위해 큰 비용을 치러야 하는 것도 선택하지 않을 것입니다. 물질적 선택보다 영적 선택의 중요성도 알게 됩니다.

자랑할 것이 무엇?

더운 여름날, 사람들이 즐겨 찾는 음료는 일명 '아아'라고 불리는 것으로, 우리 성당 카페에서도 제일 많이 나갑니다. '아아'는 '아이스아메리카노'를 줄여서 부르는 것이지요. 사실 이 아이스아메리카노 만들기는 그리 어렵지 않습니다. 컵 가득히 얼음을 넣고 물 150ml를 붓습니다. 그리고 그 위에 에스프레소 2잔을 넣으면 그만입니다. 저 역시 간단하고 맛있어서 즐겨 마시는 음료입니다.

어느 날이었습니다. 한 지인과 카페에서 만나 대화를 나누었습니다. 이때 주문했던 음료는 둘 다 '아이스아메리카노'였습니다. 시간 가는 줄도 모르고 한참을 이야기했습니다. 어느 순간 보니 아이스아메리카노 안에 들어있던 얼음이 하나도 보이지 않습니다. 마치 처음부터 얼음이 없었던 것처럼 말입니다. 시간이 지나서 얼음이 모두 녹아 물이 되었습니다. 이 물을 가리키면서 1시간 전에는 얼음이었음을 알아주는 사람이 있을까요?

얼음이었다는 사실보다, 지금 물이라는 사실만 남았습니다.

'왕년에~'라는 말을 쓰며 과거의 영광을 이야기하는 분을 종종 봅니다. 과연 본질 자체가 변해서 영광이 사그라든 것일까요? 아닙니다. 본질은 같고 잠깐의 변화만 있었을 뿐입니다. 얼음과 물이 본질적으로는 같은 것처럼 말입니다.

세상 안에서 자랑스러워할 것은 아무것도 없습니다. 잠깐의 변화를 불러온 것을 두고 본질 자체가 바뀐 것처럼 착각하지 말아야 할 것입니다.

제대로 된 삶의 방향

공부는 참 어렵습니다. 그런데 이 공부는 언제까지 해야 할까요? 배워도 배워도 끝이 없다는 말을 많이 합니다. 즉 철들어서 배우기 시작한 다음부터 죽을 때까지 고삐를 늦추지 말고 공부해야 합니다. 더군다나 아무리 공부해도 누가 알아주지도 않고, 얼마나 진보했는지 알 수 없습니다. 공부하면 할수록 더 모르겠다는 생각이 들어서 공부의 어려움은 더 커지곤 합니다.

그렇다면 공부의 보상은 무엇일까요? 단순히 좋은 성적을 얻어 좋은 대학에 가고, 좋은 직장에 들어가는 것일까요? 이는 공부에 대한 좁은 생각입니다. 공부는 인생을 뜻있게 사는 데 가장 중요한 요소입니다. 알면 알수록 바른길로 나아갈 수 있기 때문입니다. 결국 공부는 자기 자신을 위해서 필요합니다. 누구에게 보여주기 위한 것도 아니고, 자랑하기 위한 것도 아닙니다.

저는 책을 많이 읽습니다. 남에게 보여주기 위해 책 읽는 것이 아닙니다. 열심히 살고 남과 다른 삶을 산다는 것을 자랑하기 위함도 당연히 아닙니다. 책을 읽으면 읽을수록 지혜를 얻게 되고, 조금씩 성장하는 저 자신을 발견하기 때문입니다. 다른 이의 시선이 어떻게 되든 상관없습니다. 스스로 기쁘고 즐겁고 행복하기에 책을 읽습니다. 만약 남의 시선만을 생각한다면 책을 읽을 때도 항상 사람이 많은지를 먼저 볼 것입니다. 그런데 이런 마음으로 과연 책이 눈에 들어올까요? 사람만 눈에 들어올 것입니다.

극장에 간 지 거의 10년은 되는 것 같습니다. 요즘은 어떤지 잘 모르겠지만, 영화 상영 전에 먼저 나왔던 영상이 떠오릅니다. 대한 뉴스? 아닙니다. 광고? 이것도 역시 아닙니다. 그 영상은 지금도 계속하고 있다고 하더군요. 바로 '화재 시 대피요령'입니다. 현재 있는 곳이 어디인지, 이곳의 비상구는 어디에 있는지, 만약 불이 난다면 어디로 대피해야 하는지를 잘 설명해줍니다.

사실 대부분 사람이 이 대피요령 영상을 주의 깊게 보지 않습니다. 영화 시작 전이라고 생각하면서, 옆에 앉은 사람들과 잡담하는 데 더 집중합니다. 물론 극장에 온 것은 '화재 시 대피요령'이 아니라 영화를 보러온 것이겠죠. 그러나 종종 안전사고로 인해서 인명 피해가 나는 것을 보면서, 이러한 '화재 시 대피요령'이 얼마나 중요한지 알게 됩니다.

이 세상을 살면서, 삶의 방향을 제대로 잡으면서 살아야 한다고 하지요. 삶의 방향을 제대로 잡은 사람만이 후회를 줄이면서 기쁘게 지금을 살 수 있습니다. 그래서 순간의 만족이 아니라, 삶의 방향을 향해 흔들리지 않고 나아가는 삶이 중요합니다. 하지만 많은 이가 순간의 만족만을 찾으면서 삶의 방향을 제대로 잡지 못하고 있습니다. 어디로 가야 할지 갈팡질팡하면서 힘든 삶을 살아가게 됩니다.

공포가 될 수도 있는 기쁨

어렸을 때 좋아하던 간식 중 하나는 초코파이였습니다. 너무 맛있는 초코파이가 금세 사라지는 것이 아쉬워서 아주 조금씩 떼어먹을 정도였습니다. 그런데 지금은 쳐다보지도 않을 정도로 싫어합니다. 군대에서 있었던 경험 때문입니다.

신병 훈련소를 퇴소하고서 자대에 배치되었습니다. 군기가 바짝 들어있는 제게 한 선임병이 다가와 함께 PX라는 군대 마트에 가자고 했습니다. 그리고 초코파이 두 상자를 사주고는 하나도 남기지 말고 다 먹으라고 했습니다. 너무 좋아하는 간식이라 충분히 먹을 수 있을 줄 알았습니다. 한 6개쯤 먹었을까요? 도저히 먹을 수 없어서 "이제 그만 먹겠습니다. 충분히 먹었습니다."라고 말했습니다. 그러자 인상을 쓰면서 "고참이 특별히 사주는 것인데 안 먹어? 이거 군기가 완전히 빠졌네?"라고 말하는 게 아닙니까? 그 선임병이 무서워서 결국 두 상자를 다 먹었습니다. 그 뒤에 어떻게 되었을까요? 이제 초코파이를 쳐다

보지도 않습니다.

초코파이 한두 개는 분명히 큰 기쁨이었습니다. 그러나 그 이상은 공포였습니다. 너무 많은 것은 오히려 공포를 가져다줄 뿐입니다. 물론 많으면 많을수록 기쁨이 될 수 있는 것도 있습니다. 저는 책을 좋아합니다. 한두 권의 책은 기쁨입니다. 그렇다면 그 이상의 책은 공포일까요? 아닙니다. 그 이상의 책도 기쁨입니다.

많은 이가 기쁨을 찾습니다. 문제는 이 기쁨이 순간의 만족일 때가 많다는 사실입니다. 나의 욕심과 이기심을 채우는 기쁨은 결코 계속된 기쁨을 가져다주지 않습니다. 어느 순간 '공포'가 될 뿐입니다.

작은 일에도 충실할 수 있는 사람

직장 생활을 갓 시작한 분에게서 회사에서 겪는 불만을 듣게 되었습니다. 유명 대학을 졸업하고 회사에 입사했는데, 자신이 하는 일이 대부분 허드렛일이라고 합니다. '겨우 이런 일을 하려고 비싼 학비를 내고 그렇게 열심히 공부했는가?'라는 회의가 든다고 말합니다. 자신이 배운 것을 토대로 회사에 기여하고 싶은데, 허드렛일만 하니 자기 능력을 보일 기회가 없다는 것입니다. 이분은 과연 어떻게 해야 할까요? 인재를 알아보지 못하는 이 회사를 그만두어야 할까요?

일본 교토에 일본전산日本電産株式会社이라는 초소형 정밀모터 제조업체가 있습니다. 연간 매출이 3,000억 엔(한화 3조 원 정도) 이상으로 아주 탄탄한 기업입니다. 이 회사에 들어가기 위해 많은 이가 매년 지원합니다. 소위 스펙이 좋다는 사람이 얼마나 많이 지원하겠습니까? 그런데 이 회사는 신입사원이 들어오면 무조건 1년 동안 화장실 청소를 시킨다고 합니다. 이 회사 대표는 이렇게 말합니다.

"청소도 하지 못하는 사람이 신제품을 생산하는 것은 불가능하다."

청소처럼 아주 간단한 것도 못 하는 사람은 다른 것도 제대로 할 수 없다는 철학입니다. 결국 아무리 작은 일이라 해도 최선을 다하는 사람만이 회사에서 필요한 사람이 됩니다. '이렇게 하찮은 일을 할 사람이 아니다.'라는 생각이 들 때, 그만큼 필요한 사람도 되지 못합니다.

계속된 노력

모차르트는 600여 곡을 작곡했고, 베토벤은 650곡, 바흐는 1,000곡 이상을 작곡했습니다. 그렇다면 모든 곡이 명곡으로 남아 있을까요? 런던 교향악단이 선정한 세계 50대 고전음악의 목록에 모차르트 작품은 6곡, 베토벤 작품은 5곡, 바흐의 작품은 3곡만 올라와 있습니다. 아무리 위대한 작곡가라고 해도, 그들이 쓰는 곡이 모두 명곡일 수는 없습니다.

발명왕 에디슨은 1,093개의 특허가 있지만, 그중 극히 일부만이 우리 삶을 바꿀 발명품이었습니다. 물리학자 아인슈타인은 생전에 248편의 논문을 썼는데, 그중에서 상대성 이론에 대한 논문을 제외하고는 거의 언급조차 되지 않습니다.

최고의 천재로 알려진 사람도 단 한 번의 노력이 아니라, 계속해서 엄청난 노력을 했다는 사실을 기억해야 합니다. 많은 이가 운이 좋기를 바랍니다. 그 운을 통해서 자기가 원하는 것을 손쉽게 얻고자 합니다. 그러나 이 운도 역시 계속된 노력을 통해 자기 것으로 만들 수 있습니다.

　아무런 도구 없이도 할 수 있는 순수 맨몸 운동으로, 상체와 가슴 근육과 더불어 전신의 핵심 근육을 균형감 있게 단련해주는 운동은 무엇일까요? 아마 딱 생각나실 것입니다. 팔굽혀펴기입니다. 그렇다면 이 팔굽혀펴기의 숫자를 늘리려면 어떻게 해야 할까요? 특별한 방법이 있을까요? 방법이 없습니다. 그저 꾸준히 팔굽혀펴기하다 보면 어느 순간 그 숫자가 늘어났음을 깨닫게 됩니다.

　그런데 어떤 사람이 팔굽혀펴기를 정상적으로 하기에는 힘이 부족하다면서 무릎을 땅에 대고 팔굽혀펴기를 해도 되냐고 묻습니다. 이 역시 효과가 있으며, 힘들다고 하지 않는 것보다는 낫지 않겠냐면서 말이지요. 그리고 편하게 하다 보면 잘하게 되리라는 긍정적 마음도 생겨날 수 있다고 확신했습니다. 틀린 말은 아닙니다. 하지만 분명한 것은 어렵고 힘들어도 또 지루하더라도 정상적으로 팔굽혀펴기를 하는 것이 제일 효과적인 방법이라는 사실입니다.

　운동도, 공부도, 기도도…. 어쩌면 기본에 충실할 때 천천히 앞으로 나아갈 수 있었던 것이 아닐까 싶습니다. 그런데 우리는 쉽고 편한 방법만 생각합니다.

조금 더 노력하기

지금 능숙한 모든 일은 처음부터 잘했던 것이 아닐 것입니다. 처음에는 다 버벅거리고 실수투성이였을 것입니다. 그러나 반복과 연습을 통해 능숙하게 또 '잘한다'라는 말을 들을 정도까지 된 것입니다. 태어나자마자 걷는 아이가 있을까요? 말은 어떻습니까? 또 글씨를 쓰는 것 역시 처음부터 잘할 수 없습니다. 원래부터 잘했다고 생각하는 분은 지금 당장 펜을 잡는 손을 바꿔서 써보십시오. 아마 글을 쓴다기보다 글을 그리는 자신을 발견할 것입니다. 이번에는 걸을 때 한번 뒤로 걸어 보십시오. 평상시에는 너무도 쉬웠던 걷기가 뒤로 걸을 때는 그렇게 쉽지 않음을 알 수 있습니다. 이렇게 반복과 연습을 통해 지금의 나를 만들어갔던 것입니다.

이를 깨닫는다면, 포기와 좌절이 얼마나 잘못된 감정인지 알 수 있게 됩니다. '왜 나는 운이 없을까? 왜 나는 잘하지 못할까?' 같은 말은 모두 반복과 연습의 부족에서 나올 뿐입니다.

수천 번 수만 번의 실수 끝에 지금의 내가 되었습니다. 수천 수만 번 넘어진 뒤에 지금처럼 잘 걸을 수 있게 되었고, 수천수만 번 글씨를 적다 보니 능숙하게 글을 쓸 수 있게 됩니다. 어렸을 때는 포기하지도 좌절하지도 않았는데, 커서는 왜 이렇게 쉽게 포기하고 좌절할까요? 바로 남과의 비교 때문입니다. 어렸을 때는 비교 대상이 없습니다. 오로지 '나'입니다. 하지만 학교에 입학하면서 비교 대상이 보입니다. 그들보다 늦은 '나'를 바라보며, 자기를 평가절하하기 시작합니다. 그런 식으로 포기하고 좌절합니다.

남과 비교하면서 하지 못하는 것을 만드는 것이 아니라, 나만의 것을 성장시키는 우리가 되어야 합니다. 그래서 어떤 경우에도 포기하지 않고 반복과 연습이라는 노력을 계속해야만 하는 것입니다.

역사 안에서 우리는 대단해 보이는 사람을 만나게 됩니다. 예술, 과학, 정치, 문화 등 역사 안에서 한 획을 그은 사람들이 참 많습니다. 그렇다면 그들은 뛰어난 능력을 지닌 천재일까요? 타고난 능력이 그들을 거장으로 만든 것일까요?

저도 처음엔 이들이 대단한 천재라고 생각했습니다. 저같이 평범한 사람은 도저히 범접할 수 없는 존재로 여겼습니다. 그런데 미켈란젤로의 이야기를 듣고는 다시금 생각하게 되었습니다. 그는 로마의 시스티나Sistina Chapel 성당 천장에 그린 〈천지창조〉에 대해 이렇게 말했습니다.

"이 그림에 얼마나 많은 공을 들였는지 안다면 나를 천재라고 부를 수 없을 것이다."

뛰어난 능력이 있다고 하더라도, 노력하지 않으면 어떤 결과물도 만들 수 없습니다. '이 정도면 충분하다.'라고 생각할 수 있지만, 본인이 원하는 결과가 나오지 않았다면 충분하지 않았던 것입니다. 그래서 계속해서 노력했고, 비로소 충분하다고 말할 수 있는 결과를 가져올 수 있었습니다. 역사 속 위인은 자기가 원하는 결과에 도달할 때까지 이렇게 최선을 다했습니다. 본인이 능력 없다고 생각하기보다 조금 더 노력하지 않았음을 반성해야 합니다.

다시 한번 열정을 키워 보세요

이탈리아 과학자 사무엘레 마르코라Samuele Marcora는 럭비 선수들을 대상으로 탈진 테스트를 진행했습니다. 마음이 근육에 미치는 영향을 보기 위한 테스트였습니다. 선수들은 최대 에너지의 80%에 해당하는 강도이자 평균 242와트의 전력을 생산하는 수준으로 약 10분간 사이클 페달을 밟았습니다. 그리고 완전히 탈진한 상태가 확인되면 금전적 보상을 하겠다고 약속했습니다. 즉 완전히 탈진해서 도저히 사이클 페달을 밟지 못할 상태가 될 때까지 타라는 것입니다.

시간이 지나 그들은 하나둘씩 포기하려고 했습니다. 그 순간, 연구진은 딱 5초만 더 힘껏 페달을 밟아보라고 했습니다. 마지막 5초 동안 그들은 평균 731와트의 전력을 생산했습니다. 마코라 박사와 그의 연구진은 선수들이 포기한 이유가 근육이 물리적으로 운동을 계속할 수 없는 상태에 이르렀기 때문이 아니라 노력이 최대치에 이르렀다는 자각 때문이라고 해석했습니다.

공감이 가는 연구 내용이었습니다. 최대로 노력했다는 마음이 생겼을 때 포기하는 경우가 많습니다. 그러나 포기하고 나면 그때가 되어서야 여전히 더 노력할 힘이 있었음을 발견하게 되지요. 이처럼 아무리 해도 안 된다는 마음이 생겼을 때, 원하는 결과를 얻지 못하게 됩니다.

세상 안에 살아가면서 노력해도 안 된다며 좌절과 절망 속에서 신음하곤 합니다. 그럴수록 다시 한번 힘을 내야 합니다. 포기하면 아무것도 이룰 수 없습니다. 다시 해본다면 원하는 결과를 얻지 못한다고 해도 포기했을 때보다는 분명히 더 많은 것을 얻을 수 있게 될 것입니다. 세상 안에서 더 힘차게 살 수 있게 됩니다.

예전에 아버지께서 응급실에 실려 가셨을 때, 처음으로 응급실에 가보게 되었습니다. 주말이었기에 사람이 별로 없을 줄 알았습니다. 그런데 주말인데도 사람이 너무 많았습니다. 급하게 심폐소생술을 받는 사람, 운명하셨다는 말을 듣고 오열하는 가족들, 사고의 고통으로 신음하는 사람들…. 계속해서 응급 환자들이 들어왔고, 응급실은 너무 시끄러웠고 또 복잡했습니다. 완전히 전쟁터 같았습니다.

모두가 살기 위해, 또 살리기 위해 온 힘을 다하는 모습을 볼 수 있었습니다. 이 응급실 안에서 무기력한 모습은 찾을 수 없었습니다.

종종 삶 안에서 무기력함을 느낄 때가 있습니다. 그때 응급실 안의 모습을 떠올려 봅니다. 그리고 열심히, 온 힘을 다해 살지 않았기에 이런 무기력함을 느꼈다고 스스로에게 말합니다.

무기력함을 느낄 때, 우리는 지금 처한 상황 때문이라고 생각합니다. 그러나 상황보다는 자신의 열정 없음에서 나오는 것이 아니었을까요? 쉽게 포기하고 좌절하는 모습에서 나왔을 뿐입니다. 따라서 지금은 무엇인가 열정적으로 해야 할 때입니다. 신앙생활이든, 세상의 일이든, 운동이든, 그 밖에 해야 할 모든 것에 열정을 가져야 합니다.

자기 뜻대로 되지 않더라도

아무리 과학 기술이 발달했어도 의외의 상황을 종종 접하게 됩니다. 하물며 우리 삶은 어떨까요? '이렇게 될 것'이라는 예상대로 정확하게 되던가요? 너무나 자주 우리 삶은 정확하지 않은 결과로 나아갈 때가 많습니다.

몇 년 전, 네덜란드에 갔던 적이 있습니다. 안내해주시던 분이 "이 나라의 일기예보는 너무 정확합니다."라고 말씀해주셨습니다. 그리고 일기예보가 거의 '맑음, 흐림, 비'로 표시되어 있다는 것입니다. 워낙 날씨가 불안정해서 맑았다가 흐렸다가 또 비까지 쏟아질 때가 자주 있어서, 경우의 수에 늘 맞는다고 하더군요.

우리 삶도 그렇지 않을까요? 행복의 기운을 느끼는 '맑음'의 삶만이 나의 삶이 아닙니다. 우울한 '흐림'의 삶도, 또 슬픔과 아픔으로 가득 찬 '비바람'의 삶도 분명히 우리 삶입니다. 이 모든 가능성을 인정해야, 비 올 것을 대비해서 우산을 준비하는 것처럼, 우리 삶을 잘 준비해서 어렵고 힘들 때를 거뜬히 이겨 낼 수 있습니다.

자기 뜻대로 흐르지 않는 삶이라는 것을 인정할 수 있어야 합니다.

아무것도 하지 않고 가만히 쉬면 뇌는 휴식 상태에 들어간다고 일반적으로 생각합니다. 소위 '멍때리기'를 하면 뇌의 활동이 없어서 푹 쉴 수 있을까요? 미국 신경과학자 마커스 레이클 Marcus Raichle도 처음에는 아무런 과제를 주지 않을 때는 뇌의 모든 부위에서 활성화 정도가 줄어들다가, 다시 과제를 주면 뇌의 여기저기가 활성화되고 에너지도 더 많이 사용하고 있으리라 생각했습니다. 그러나 fMRI를 이용한 뇌 영상 연구를 통해 놀라운 점을 발견했습니다.

아무것도 안 하고 가만히 있을 때도 뇌는 열심히 일하고 있는 것입니다. 목표지향적 행위나 과제를 수행할 때와 아무것도 하지 않을 때, 뇌가 사용하는 에너지 차이는 5% 미만에 불과했습니다. 하긴 매일 먹고 자고 하는 일 없이 빈둥거리는 사람도 피곤하다는 말을 많이 하지 않습니까?

목표지향적 행위를 하는 것이나, 아무것도 하지 않으나 똑같이 뇌가 열심히 활동해서 피곤함을 느끼게 됩니다. 그렇다면 어떻게 사는 것이 유익할까요? 아무것도 하지 않아서 피곤하지 않고 개운한 상태가 된다면야 그렇게 살라고 하겠지만, 똑같다면 기왕이면 창의적인 일을 하는 것이 훨씬 낫지 않을까요?

자기 뜻대로 흐르지 않는 삶이지만, 거의 비슷한 에너지 소비량이라면 열심히 살아야 합니다.

진짜 삶

부모님께서 돌아가시고 얼마 동안은 꿈에서 뵐 수 있었습니다. 비록 어떤 대화도 나누지는 못했지만, 꿈에서라도 뵙고 나면 그날 참 기분이 좋았습니다. 그러나 1년이 지나고 2년이 지나면서 이제는 도통 꿈에서 뵐 수 없었습니다. 보고 싶다는 마음은 간절하나 전처럼 꿈에 뵐 수 없으니, 밤늦게 모임을 마치고 아무도 없는 방에 들어오면 허전한 마음이 밀려오곤 했습니다.

이런 허전한 마음이 밀려올 때, 우연히 인터넷에서 어느 방송 프로그램을 보게 되었습니다. 세상을 떠난 가족의 목소리와 모습을 가상 현실VR로 구현해서 유가족과 만나게 해주는 프로그램이었습니다. 인공지능AI의 능력이 정말 대단하다는 생각이 들었지만 동시에 이렇게까지 만나야 할까 싶었습니다. 진짜 사람이 아닌데, 그렇다고 그 영혼이 찾아온 것도 아닌데 이를 보면서 대화를 나누고 또 다짐까지 한다는 것이 과연 진짜 의미가 있을까 싶은 것입니다. 그리고 과학이 죽음의 영역까지 점령하려는구나 싶었습니다.

진짜 같지만, 또 과학 기술의 발달로 앞으로는 더 진짜 같겠지만, 이런 식의 만남은 크게 의미가 없을 것 같습니다. 이는 인간이 만든 하나의 영상일 뿐이니까요. 이를 영상으로 보지 않고 진짜 살아 있는 실체로 여기면서 자기가 듣고 싶은 말만 들으려고 한다면, 계속해서 가상의 현실에만 머물게 될 것입니다.

우리는 자기가 원하는 세상에만 머물려고 합니다. 편하고 쉬운 길, 아무런 문제가 없는 길, 고통과 시련은 전혀 없는 길, 스스로 생각하고 원하는 대로만 모든 것이 이루어지는 길만을 찾고 있습니다. 그러나 정말로 그런 세상이 있을까요?

사람들은 편하고 쉬운 것을 선호합니다. 성당에서도 그렇습니다. 미사는 짧아야 하고, 강론은 쉬워야 합니다. 그러나 편하고 쉬운 것보다는 불편하고 힘든 것을 선택해야 발전이 있습니다.

아침마다 운동합니다. 편하고 쉬울까요? 아닙니다. 힘들어서 땀도 많이 흘립니다. 그러나 이렇게 불편하고 힘들수록 운동이 되고, 저의 건강이 좋아집니다. 만약 운동하지 않고 빈둥빈둥 누워만 있다면 어떨까요? 너무 편하고 쉽습니다. 그러나 운동도 안 되고 자기의 건강은 나빠질 수밖에 없습니다.

편하고 쉬운 것만 찾다 보니 책도 읽지 않습니다. 복잡한 것이 싫다면서 편하고 쉽게 볼 수 있는 것만을 선호합니다. 유튜브를 보면서 때로는 가짜 뉴스의 신봉자가 되기도 합니다. 스스로 진리를 찾으려 하지 않고 남의 이야기만 듣고 판단하면 함께하지 못하고 정신도 병들게 될 뿐입니다.

진짜 삶은 편하고 쉬운 데 있지 않습니다.

100미터 달리기 선수가 있습니다. 100미터 달리기는 10초대에서 경기 자체가 끝납니다. 그렇다면 거의 10초대에 끝나는 경기라서 이를 준비하는 시간도 짧을까요? 그렇지 않지요. 그 짧은 순간의 결과를 얻기 위해서 비지땀을 흘리며 엄청난 양을 훈련해야만 합니다. 만약 훈련을 전혀 하지 않고 시합에만 집중하면 어떨까요? 당연히 좋은 결과를 얻을 수 없습니다.

실제 경기보다 훈련에 쏟는 시간이 더 길 수밖에 없고 또 더 중요한 것처럼, 진짜 나의 삶을 만들기 위한 노력에 더 집중할 수 있어야 합니다.

진리는 어디에?

펭귄은 새일까요? 아니면 물고기일까요? 작지만 날개가 있는 것을 보면 '새' 같기도 하고, 전혀 날지 못하고 헤엄을 잘하는 것을 보면 '물고기' 같기도 합니다. 그러나 날지 못해도 분명히 '새'라고 합니다. 헤엄을 치면서 물속에 있는 물고기, 낙지, 새우 따위를 먹지만 말이지요. 더군다나 땅에서 뒤뚱거리며 걸어 다니는 모습에 우리는 우스꽝스럽다고 말합니다.

사실 남극은 너무 추워서 하늘 나는 것이 전혀 도움 되지 않습니다. 오히려 먹을 것이 그래도 풍부한 바닷속에서 헤엄치는 것이 훨씬 도움이 됩니다. 그래서 펭귄은 하늘을 날게 하는 날개를 줄여서 바닷속에서 헤엄을 잘할 수 있도록 했습니다. 멋있지 않습니까? 겉모습만을 보고서 우스꽝스러운 '새'라고 말하지만, 환경에 적극적으로 변화하는 열린 마음을 가진 놀라운 '새'입니다.

세상의 관점에서 볼 때, 좋아 보이는 것이 많습니다. 돈도 좋고, 세상의 높은 지위도 부러움을 삽니다. 명품이라는 물건들은 멋져 보이고, 사람들의 부러움을 받는 많은 재능도 있습니다. 하지만 그보다 더 멋진 것은 지금의 삶에서 최선을 다해 사는 것이었습니다.

눈에 보이지 않는 것에 대해 생각하다 보니, 신용카드가 생각납니다. 코로나 팬데믹 전에는 식당이나 편의점에서 신용카드를 내면 직접 직원이 받아서 결제해 주었습니다. 그러나 코로나 팬데믹 후에는 단말기에 소비자가 직접 카드를 넣어서 결제합니다. 그런데 돈은 그냥 주고받지요. 여기서 의문점이 듭니다. 돈이 더 바이러스 감염에 취약하지 않을까요?

그전에는 몰랐는데, 바이러스는 지폐보다 신용카드에 더 오래 살아남는다고 합니다. 바이러스에 노출된 지폐에서는 바이러스가 30분 뒤에 자동으로 사라지지만, 신용카드에서는 48시간 뒤에도 바이러스가 발견된다는 것입니다. 심지어 신용카드에서 변기보다 두 배 많은 세균이 검출되기도 한다는 연구 결과도 있습니다.

물론 지폐도 깨끗하지는 않습니다. 지폐에서 3,000여 종의 박테리아, 세균, 곰팡이가 검출되었다는 연구가 있습니다. 글쎄, 미생물이 그 안에서 자라기도 한다고 합니다. 그래서 돈을 셀 때 침을 묻히는 것은 아주 안 좋으며, 예기치 않은 돈이 들어왔다면서 돈에 입맞춤하는 것도 매우 비위생적입니다.

우리 눈에 보이지는 않지만 아주 비위생적인 지폐이고 신용카드였습니다. 이를 통해 눈에 보이는 것만 진리라며 착각 속에 매여 있는 우리의 모습을 다시금 생각해 볼 수 있을 것 같습니다.

2022년 7월, 중국에서 섭씨 40도가 넘는 폭염으로 나무가 자연 발화했다는 내용의 기사가 인터넷을 뜨겁게 달구었습니다. 가로수에서 흰 연기가 피어나는 영상이었지요. 정말 무더위로 인해 나무가 스스로 발화될 수 있을까요?

다른 언론사의 취재로 이 기사는 가짜 뉴스로 판명되었습니다. 국립소방연구원과의 인터뷰와 한국화재소방학회의 논문을 통해 목재의 발화 온도가 섭씨 400도 안팎이라는 사실을 밝혔습니다. 즉 아무리 폭염이라 해도 나무가 자연발화를 하는 것은 불가능한 것으로, 조작된 영상에 의한 가짜 뉴스라고 발표했습니다.

이런 식의 가짜 뉴스는 세상에 차고 넘치는 것 같습니다. 그래서 한양대학교 국어교육과 조병영 교수는 진실을 가려내기 위해 세 가지 질문을 던져야 한다고 말합니다.

'누가 이야기하는가?' '근거는 무엇인가?' '다른 자료는 어떻게 이야기하는가?'

이 질문에 대한 답이 올바르면 진짜일 가능성이 올라갈 것이지만, 현대 사회에서 사람들은 스마트폰으로 글을 대충 보고 생각도 하지 않고 이를 그냥 진리로 받아들이는 것입니다. 가짜 뉴스가 계속 늘어나고 확산합니다. 진실이 가려지고 가짜가 드러나는 이유는 가짜를 진짜처럼 믿는 사람이 많기 때문일 것입니다. 하지만 진실만 믿으려는 사람이 늘어나면 자연적으로 가짜의 자리는 사라지고 말 것입니다. 우리는 진리를 찾아다녀야 합니다.

2장

있는 그대로 소중한 '나'

나의 대표작은 차기작

2년 전에 『맘고생 크림 케이크』라는 책을 출판한 후, 평화방송에서 어떤 프로그램을 진행하게 되었습니다. 방송 내용은 사람들의 사연을 읽고 이를 한 시간 동안 풀어가는 것이었습니다. 준비하면서 또 방송하면서 저의 부족함을 많이 발견할 수 있었습니다. 내용도 부실했고 말하는 기술도 그렇게 뛰어나지 않았음을 인정할 수밖에 없었습니다. 그러나 제가 했던 방송을 찾아서 다시 봤던 적이 없습니다. '나는 완벽하지 않으며, 지난 시간을 되돌아보고 후회해 봐야 아무 소용이 없음'을 잘 알기 때문입니다. 그래서 한 번쯤 보고 싶은 마음이 들었을 때도, 그 마음을 얼른 접고 대신 더 나은 모습을 보이기 위해 노력했습니다.

어느 영화감독이 했던 말이 생각납니다.

"나의 가장 훌륭한 작품은 다음에 만드는 것입니다."

지금의 자리에 충실하면서 과거에 연연하지 않는 것이 제가 살아가는 방법이었습니다. 물론 과거의 부족한 면을 알아야 지금의 모습을 더 현명하게 바꿀 수 있습니다. 그러나 그 부족한 면에 빠져서 자신을 잃고 좌절하는 것이 싫기에, 현재에 더 충실해지는 방법을 따르고 있습니다.

현재에 충실한 삶은 지금의 나를 사랑하는 사람만이 얻을 수 있는 것이 아닐까요?

열심히 살다 보면

시험을 본 두 친구가 있습니다. 그런데 둘 다 시험에서 떨어졌습니다. 첫 번째 친구는 시험에 떨어진 것을 시험 문제가 어려웠기 때문이라 생각했고, 두 번째 친구는 자기가 공부하지 않았기 때문이라고 생각했습니다. 그리고 다음 해에 이 둘은 다시 시험을 봤고, 둘 다 합격했습니다. 첫 번째 친구는 자기가 열심히 공부해서 합격했다고 생각했고, 두 번째 친구는 문제가 쉽게 나와서 운 좋게 합격했다고 말합니다.

그렇다면 누가 더 행복할까요? 심리학자들은 첫 번째 친구가 훨씬 더 행복감이 높다고 말합니다. 잘되면 내 덕, 안 되면 남 탓을 한 이 친구가 오히려 낙관주의적 성격으로 인해 행복을 많이 느낀다는 것입니다. 그러나 우리 사회는 '잘되면 남 덕, 안 되면 내 탓'이라고 말해야 겸손함을 갖춘 인격자처럼 생각하지 않습니까?

무조건 남 탓을 해야 한다는 것은 물론 아닙니다. 그보다 자신을 사랑할 수 있는 마음을 지녀야 한다는 것이 전제조건입니다. 비관주의보다 낙관주의가 훨씬 더 행복하기 때문입니다. 그러나 낙관주의보다 더 큰 행복을 얻는 경우가 있습니다.

고통 속에서 힘들어하는 분이 많지요. 병으로, 경제적으로, 가정 문제로, 직장의 일로, 사람과의 관계 등의 이유로…. 힘든 이유는 우리 주변에 참 많습니다. 이 이유를 하나하나 살피다 보면 한두 가지로 힘든 것은 오히려 다행 아니겠냐는 생각이 들기도 합니다. 그러나 주변을 보면 아무 문제도 없이 행복해 보이는 사람이 많아 보이지 않습니까? 그래서 고통과 시련이 다가오면 갖게 되는 감정이 억울함이라고 합니다.

"왜 내게만 이런 일이 닥칠까요?"라며 말하면서 눈물짓습니다. 그리고 이 억울함과 함께 다가오는 감정이 바로 후회입니다. '내가 이러려고 열심히 살았나?' '저 사람을 내가 왜 만났을까?' '돈이 뭐길래 나를 이렇게 힘들게 하나?' 등의 후회를 반복하게 됩니다.

자기 삶의 불행을 사람과의 관계 그리고 자기 상황 때문이라고 말합니다. 하지만 자기 삶을 온전히 자기 것을 바라보면서 문제를 뒤섞지 말아야 합니다. '너 때문이야!'라면서 괜한 분노만 표출하는 것이 아니라, 자기 자신만 온전히 바라봐야 문제의 해결점도 찾을 수 있게 됩니다.

남들은 행복해 보인다는데 정말로 그 '남'이 행복한 것일까요? 행복하게 보이는 것이 아니라 사실은 열심히 사는 것입니다. 아무 일도 하지 않고 방에서 뒹굴며 사는 사람이 행복해 보입니까? 그 방에서는 특별히 하는 것도 없으니, 걱정도 없고 어려움도 없을 것 같습니다. 하지만 아무도 이런 사람을 행복해 보인다고 하지는 않지요. 열심히 살지 않기 때문입니다.

행복은 열심한 삶에서 나오는 것입니다.

쾌락은 목표가 아니다

신경외과 의사가 쥐를 가지고 행복 중추에 관한 연구 실험을 했습니다. 먼저 쥐의 행복 중추에 전극봉을 삽입했습니다. 그리고 쥐들이 앞의 레버를 누르면 자기의 행복 중추를 자극할 수 있게 했습니다. 즉 자기 행복(쾌락)을 스스로 선택하게 한 것입니다. 결과는 어떻게 되었을까요?

자기 조절을 하면서 레버를 눌렀을까요? 쥐는 계속해서 레버를 눌렀습니다. 그런데 조금도 쉬지 않고 계속 누르는 것입니다. 결국 정신없이 누르느라 굶어 죽고 말았습니다. 쾌락에 사로잡혀 죽음에 이른 것입니다.

인간이라고 다를까요? 쾌락에 빠져서 제대로 살지 못하는 사람이 많습니다. 옳지 않다는 것을 알면서도 끊지 못합니다. 쾌락이 주는 기쁨이 크기 때문입니다. 그래서 인간 역시 계속해서 쾌락 레버를 누르고 있습니다.

흥미로운 사실 한 가지는 계속 행복감을 느낄 것 같지만, 어느 순간 지독한 우울감에 빠지게 된다는 점입니다. 행복 중추에서 아주 가까운 곳에 우울 중추가 있기 때문입니다. 행복 중추의 자극이 계속 강하게 주어지면, 바로 옆의 우울 중추에도 영향을 미친다고 합니다.

100% 행복으로 보이는 쾌락을 목표로 삼으면 안 됩니다. 그래서 쾌락에서 벗어나는 삶이 중요합니다. 순간의 만족에 불과한 것을 계속 갖기 위해 행복 중추 레버를 계속 누르는 어리석음에서 벗어나야 합니다.

나는 오직 나일 뿐

우리는 종종 다른 사람과 비교합니다. 옆집 남편과 자기 남편을, 옆집 아내와 자기 아내를, 옆집 아이와 자기 아이를…. 이런 식으로 비교하고 있습니다. 제가 만난 분이 있는데, 다른 사람보다도 이 비교가 더 심한 것 같습니다. 남편이 밖에서는 능력 있고 인정받는 사람이지만, 아내의 비교로 인해 세상에서 가장 무능한 남편처럼 보입니다. 아내는 이렇게 말합니다.

"옆집 남편은 퇴근하면 아이들과 놀아주는데, 우리 남편은 항상 늦게 들어와서 아이가 아빠 얼굴을 잊어버릴 정도입니다. 휴일에는 쉬어야 한다면서 온종일 잠만 자고 텔레비전을 보고 있습니다. 이러니 옆집 남편과 비교하지 않을 수 있겠습니까? 이런 남편을 믿고 앞으로 남은 시간을 함께할 것을 생각하니 끔찍합니다."

만약 사이코패스 흉악범이 옆집 남편이라면 이때도 비교할까요? 즉 내 남편이 저런 흉악범이 아니라서 행복하다고 말할 수 있을까요? 사실 이런 식의 비교는 하지 않습니다. 비교 대상을 넘어설 수 없는 존재처럼 만들면서, 가까운 나의 사람이 볼품없게 만들고 결국 자기 마음도 우울해집니다.

비교 대상과 나의 행복은 연관이 없습니다. 오히려 나를 불행하게 해줄 뿐입니다. 행복의 주체는 '나'입니다. 내가 어떻게 하느냐에 따라 행복을 만들어 갈 수 있습니다. 그런데 내가 아닌 다른 곳에서 행복을 찾으려 합니다. 남편, 아내, 자녀, 부모, 상황…. 그러다 보니 행복은 신기루처럼 잡힐 듯 잡힐 듯하면서 잡히지 않습니다. 그러나 행복은 언제나 내 마음에 있습니다.

과식이 만병의 원인이라고 하지만, 모든 불행의 원인은 '비교'라고 합니다. 비교는 살아가는 데 불필요한 우월감과 열등감이라는 정서를 동시에 낳습니다. '어떻게 저런 삶을 살 수 있지? 나 같으면 도저히 못 살아.'라는 우월함. '나는 왜 그럴까? 저 사람은 저렇게 잘사는데….'라는 열등감. 모두 우리에게 필요하지 않은 감정입니다. 여기에 '과거의 나'와 비교하는 것도 과거에 집착하면서 살아가며 지금을 제대로 살지 못하게 합니다.

행복해지려면 비교하는 습성을 줄여야 합니다. 비교를 아예하지 않기는 불가능하겠지만, 의식적으로도 노력해야 합니다. 또한, 열등감이라는 부정적 정서 역시 키우지 말고 더 나은 자신을 위한 발전적인 길을 선택할 수 있어야 합니다. 아무도 없는 무인도에 홀로 산다면 이런 비교가 모두 사라질 수 있을까요? 그러나 혼자 살아도 앞서 말했듯이, 과거의 나와 비교하면서 계속 그 굴레에서 벗어나지 못할 것입니다. 따라서 자기 행복을 진정으로 원한다면, 비교에서 벗어나기 위해 노력하면서 지금을 충실히 살아야 합니다.

쾌락 적응과 진짜 만족

만년필 애호가라고 스스로 말할 정도로 저는 만년필을 좋아합니다. 그래서 지금 사용하는 만년필이 총 25자루입니다. 만년필은 오랫동안 쓰지 않으면 펜촉이 마르기 때문에, 매일 글을 쓰기 위해 여러 만년필을 사용한다고 하지만 사실 핑계입니다. 열 자루만 있어도 충분합니다. 결국 욕심입니다. 좋은 만년필을 보면 갖고 싶은 마음, 때로는 '이 정도는 내게 선물할 수 있잖아.'라고 말합니다. 그렇다면 원하던 만년필을 구매했을 때의 기쁨은 어느 정도 갈까요? 그토록 간절히 바랐던 만년필도 3개월이 지나면 행복감이 사라졌습니다. 다른 만년필과 다름이 없었습니다.

이를 쾌락 적응이라고 합니다. 아무리 좋은 것이라도 적응되면 별다른 행복감을 주지 못한다고 합니다. 그렇다면 우리를 더 행복하게 해주는 것은 무엇일까요? 시카고대학교와 노스웨스턴대학교의 연구 결과는 바로 '주는 것'이라고 합니다.

실험에서 96명의 참가자에게 5일간 매일 5달러씩 주면서 마음대로 쓰라고 했습니다. 실험을 시작할 때만 해도 모든 사람의 행복도는 비슷했습니다. 그러나 5일간 돈을 '자신'에게 쓴 사람과 '다른 사람'에게 쓴 사람의 행복도가 달라졌습니다. 다른 사람을 위해 쓴 사람의 행복감만 계속해서 증가했습니다.

쾌락 적응과 주는 것 안에서 행복을 기억해야 합니다. 받는 것은 결국 순간의 만족이지만, 주는 것은 오랫동안 남을 진짜 만족을 가져다주는 것이었습니다. 이제 만년필에 대한 욕심을 버리고, 주는 데 집중하겠습니다.

일상에서 찾는 행복

지금보다 더 행복해지려면 무엇이 필요할까요? 좋은 인간관계? 직장에서 좀 더 많은 권한과 자유? 더 나은 새 직장? 좀 더 자상한 배우자? 아기의 탄생? 회춘? 공부 잘하는 자녀? 질병이나 장애의 치유? 더 많은 시간? 진정으로 하고 싶은 일을 알아내는 것? 등.

대부분 이런 문제가 해결되면 행복해질 것으로 생각합니다. 그러나 많은 연구자의 연구 결과는 이런 요소로는 행복해질 수 없다고 합니다. 우리가 행복해지길 바란다는 점에서 볼 때, 엉뚱한 곳에서 행복을 찾고 있다는 것입니다.

펜실베이니아대학교의 마틴 셀리그먼Martin Seligman 교수는 우울증 환자에게 행복감을 높이는 방법을 제시했습니다. 바로 그날 있었던 좋은 일 3가지씩을 기억해서 적게 합니다. 그 결과는 놀라웠습니다. 94%가 증세의 호전을 보인 것입니다. 그래서 행복을 찾는 첫 단계는 내가 행복해질 수 있다는 데서 시작하라고 말합니다. 그래야 좋은 일도 발견할 수 있기 때문이지요. 즉 일상의 삶 전체가 자기 행복의 소재가 될 수 있음을 굳게 믿고 열정을 키우는 것입니다.

행복을 결정하는 요소로 유전적 요소, 환경적 요소, 의지적 활동을 뽑습니다. 이 중 가장 높은 비율을 차지하는 것이 50%의 유전적 요소입니다. 그리고 의지적 활동이 40%, 환경적 요소가 10%라고 합니다. 이 중에서 유전적 요소와 환경적 요소인 60%는 바꿀 수 없습니다. 그렇다면 나머지 40%인 의지적 활동으로 나의 행복을 찾을 수 있을까요? 당연히 찾을 수 있습니다. 인간은 침팬지와 99% 유전자가 같지만, 다른 1% 유전자의 차이로 침팬지와 전혀 다른 삶을 살고 있지 않습니까? 그렇다면 40%라면 충분히 행복해질 수 있는 비율임을 알 수 있습니다. 문제는 바꿀 수 없는 유전적 요소와 환경적 요소에만 계속 매여 있다는 점입니다.

의지적 활동을 열정적으로 할 수 있어야 합니다. 진짜 행복을 일상 삶 안에서 찾을 수 있습니다.

자기만의 고유한 스토리 만들기

'스포일러Spoiler'라는 말이 있습니다. 영화, 소설, 애니메이션 등의 줄거리나 내용을 예비 관객인 독자, 특히 네티즌들에게 미리 밝히는 행위나 그런 행위를 하는 사람을 일컫는 말입니다. 다음 상황이나 이야기 전개를 알 수 없을 때, 관객과 독자는 흥미를 느낍니다. 그런데 이를 미리 알려서 재미를 떨어뜨리는 것이지요.

지금 막 개봉한 영화를 보고서 친구들에게 자랑스럽게 이야기하면, 이를 듣고서 영화 보는 것이 재미있을 리 없습니다. 스토리를 이미 알고 있고, 결말까지 알게 되기 때문입니다. 그래서 영화에 대해 스포일러하는 친구의 입을 얼른 막지 않습니까? 그런데 이런 영화, 소설, 애니메이션 등의 스포일러와는 비교가 되지 않을 만큼 우리의 기대감을 앗아가는 행동이 있으니, 바로 인생 스포일러가 아닐까요?

"그 나이에 도대체 뭐 하는 거니?" "그렇게 해봐야 잘 안 될 걸?" "이제 다시 시작해야지, 뭐 하는 거야? 네 나이 벌써 50이 넘었어." "이제는 새로운 일보다 편한 노후를 생각해야지."

내 인생인데도 불구하고 나의 스포일러를 자청하는 사람이 너무 많지 않습니까? 내 인생을 대신 살아 줄 것도 아니면서, 결말을 다 아는 듯이 말합니다.

인생 스포일러도 결말을 미리 알았을 때 허탈함만 가득하게 될 것입니다. 아직 일어나지도 않은 일, 남의 스포일러에 흔들리지 말고 자기만의 고유한 스토리를 만들어야 할 것입니다.

불안은 불안을 낳습니다

어렸을 때, 학교에서 학생들을 대상으로 단체 예방접종을 했던 것이 기억납니다. 일회용 주사기가 보편화되지 않았던 시절이었기에, 주삿바늘을 알코올 불에 소독해서 재사용 접종하곤 했지요. 그래서 '불주사'라고 불렀습니다. 아무튼, 주삿바늘을 불로 달구어서 어깨에 접종하는 주사는 정말로 무서웠습니다. 실제로 주사 맞기 싫다면서 우는 아이도 정말로 많았습니다. 그런데 막상 주사를 맞고 나면 생각보다 심하게 아프지는 않았습니다. 두려움에 걱정하는 아이들 앞에서 자랑스러워하면서 "별로 안 아파!"라고 말하기까지 했지요. 제가 이렇게 말했다고 아이들의 두려움이 사라졌을까요? 아닙니다. 아직 주사를 맞지 않은 아이들은 크게 불안해합니다.

지금도 그런 모습은 계속됩니다. 아직 벌어지지도 않은 일에 대해 과장된 두려움을 갖는 경우가 얼마나 많습니까?

두려움의 실체를 알아야 두려움을 이겨낼 수 있습니다. 두려움 그 자체는 아무것도 아님을, 그리고 나에게는 그 두려움을 충분히 이길 힘이 있다는 믿음을 지녀야 합니다.

비행공포증 때문에 힘들어하는 분이 있습니다. 다른 교통수단은 괜찮은데 유독 비행기 탈 때만 불안해하는 것입니다. 비행 기간 내내 극심한 불안을 호소합니다. 그래서 미국에 갈 일이 있을 때, 배로 갈까도 심각하게 생각했다고 합니다.

이렇게 비행 공포로 인해 해외 나가는 것에 대한 어려움을 주변에 자주 이야기했습니다. 혹시 이 공포증을 없앨 수 있는 좋은 조언을 해줄 수 있다고 생각했기 때문이지요. 어느 날, 이 말을 들은 친구가 이렇게 말합니다.

"비행기 추락 사고로 죽을 확률이 화장실에서 미끄러져 뇌진탕으로 죽을 확률보다 낮아."

친구의 이 말을 들은 이 형제는 바뀌었다고 합니다. 어떻게 바뀌었을까요? 이제 비행공포증이 완전히 사라졌을까요? 아쉽게도 아니었습니다. 비행공포증은 그대로 있고, 여기에 화장실 공포증까지 생겼습니다. 화장실 가는 일이 하늘을 나는 일만큼 무시무시해진 것입니다.

불안은 또 다른 불안을 만드는 법입니다. 따라서 불안을 멈추는 노력이 필요했습니다. 실제로 비행공포증을 없애는 방법으로는 그 자리를 떠나는 것이 아니라 그 안에서 심호흡과 복식호

흡, 그리고 사람들과 계속해서 이야기를 나누는 것이라고 하지 않습니까? 불안하다면서 아무것도 하지 않는 것이 아니라, 이를 극복하려는 적극적인 본인의 노력이 필요했습니다.

불안한 마음을 극복하고자 하는 사람이 많습니다. 불안함으로 인해서 해야 할 일을 하지 못하는 것은 물론이고 다른 것도 하기 힘들기 때문입니다. 그렇다면 이 불안한 마음을 없애야 지금을 잘 살 수 있게 됩니다. 과연 어떻게 해야 할까요?

미국 텍사스대학교에서 한 연구 결과를 보면, 불안을 극복하는 최고의 방법으로 그 불안의 근원을 직시하라고 말합니다. 불안을 무시하거나 회피하는 것은 불안을 더 키울 뿐 아니라 더 오래 지속시키는 결과를 낳기 때문입니다.

따라서 비행기를 타기가 불안한 사람은 이를 악물고 타야 합니다. 이렇게 불안을 직면해야 비행기를 탈 수가 있습니다. 남들 앞에서 발표하기가 불안한 사람 역시 어떻게든 발표해서 불안에 직면해야 합니다.

도망하고 피할 것이 아닙니다. "나는 할 수 없어."라면서 포기하고 좌절할 것이 아니라 정면으로 불안을 직면하는 우리가 될 때 새로운 삶을 살 수 있습니다.

그런 일도 있었어

초등학교 1학년 어느 겨울날이었습니다. 어머니께서는 춥다면서 내복을 입혀 주셨습니다. 그런데 그 내복 색깔이 빨간색입니다. 제 내복이 너무 해져서 누나의 내복을 입으라는 것이었지요. 여자 내복이라고 창피해서 안 입겠다고 울면서 화를 냈지만, 어머니께서는 바지 안에 입는데 누가 알겠냐면서 억지로 입혀 주셨습니다.

생각해보니 바지 안에 입은 내복을 누가 볼 수 있을까 싶었습니다. 그리고 추운 것보다는 빨간 내복이라도 입는 것이 낫겠다 싶었지요. 하지만 이 빨간 내복 입은 것을 친구들이 모두 알게 되었습니다. 친구들과 놀다가 바지 지퍼가 내려가서 친구들이 빨간 내복을 본 것입니다.

그때 이후로 내복을 입지 않게 되었습니다. 이 부끄러움이 커다란 상처로 남았기 때문이지요. 하지만 지금 생각해보면 당시의 일은 하나의 재미있는 추억으로 떠오릅니다. 당시에는 정말로 괴로운 일이었는데도 말입니다.

우리 삶에서 부끄러움의 기억, 괴로움과 아픔의 기억이 있습니다. 당시에는 도저히 못 견딜 것만 같은 일이었지만, 시간이 지나면 "그런 일도 있었어."라며 웃어넘길 수 있습니다. 오히려 당시를 회상하며 흐뭇해하기도 합니다.

지금 겪는 부끄러움, 괴로움과 아픔의 일도 역시 조금의 미래에 가면 별일이 아니게 됩니다. 포기하고 좌절할 것이 아니라, 하나의 소중한 기억을 만들었다는 마음가짐을 가지면 어떨까요?

이제 막 걸음마를 걷기 시작한 영아는 평균적으로 하루에 2,368걸음으로 701미터를 걷고, 1시간에 17번 넘어진다고 합니다. 그렇다면 몇 번이나 넘어져야 제대로 걷게 될까요? 한 1,000번은 넘어졌다가 일어나야 이제 도움 없이도 스스로 잘 걸을 수 있게 됩니다. 성인이야 걷는 것을 그렇게 어렵지 않게 생각하지만, 영아에게는 어떨까요? 보통 어려운 일이 아닐 것입니다. 그래도 포기하지 않고 넘어졌다가 일어나는 일을 반복하는 과정을 거쳤기에 점점 넘어지는 횟수가 줄어들고, 또 잘 걸을 수 있게 됩니다. 그리고 걷는 것을 넘어서 뛰어다니게 됩니다.

우리 삶도 이 영아의 걸음마와 비슷하다고 생각합니다. 처음부터 잘 걷고 잘 뛰는 영아가 없듯이, 실패 없는 안정된 삶만을,

소위 성공의 삶만을 살아간다는 것은 말도 안 되는 욕심이 아닐까요?

영아는 그 많은 실패에도 불구하고 좌절하거나 절망하지 않습니다. 지금 성인인 사람 모두 이렇게 좌절하거나 절망하지 않았던 영아의 시절을 지나갔음을 떠올린다면, 좌절하거나 절망하지 않는 DNA를 가지고 있음이 분명합니다. 따라서 실패의 순간에서도 희망과 용기를 잃지 않을 수 있습니다. 그저 "그런 일도 있었어."라며 웃어넘길 수 있는 의연함이 필요합니다.

되돌릴 수 없다면 잊어버리세요

평소에 메모지와 펜을 들고 다닙니다. 문득 떠오르는 생각을 잊어버리지 않고 기록하기 위해서입니다. 갑자기 반짝이는 생각이 묵상 글 작성하는 데 큰 도움이 되며, 강의할 때도 좋은 소재가 되기 때문입니다.

추운 겨울이었습니다. 홀로 여행 중이었는데 너무 추워서 몸이라도 녹이려는 마음과 더불어 따뜻한 커피 한 잔이 생각나서 근처의 카페에 들어갔습니다. 커피를 마시던 중, 여러 생각이 나면서 이를 글로 남겨야겠다 싶었습니다. 그런데 하필 평소에 항상 들고 다니던 메모지와 펜이 가방에 없었습니다.

어쩔 수 없이 카페 직원에게 펜을 빌렸고, 테이블에 놓은 냅킨에 글을 적기 시작했습니다. 냅킨 두 장에 빼곡하게 글을 적었습니다. 이런 생각을 했다는 사실에 기분이 좋아졌고, 이 내용을 다음 피정 강의 때 꼭 사용하리라 다짐했습니다. 그러나 이때 쓴 글은 그 어디에서도 쓰지 못했습니다. 글쎄, 카페에 나올 때, 글을 적었던 냅킨을 테이블 위에 놓고 나온 것입니다. 이 사실을 저녁에 도착한 숙소에 가서야 알 수 있었습니다.

아쉬웠지만 지나간 일을 다시 되돌릴 수는 없지요. 그리고 이렇게 후회할 일은 삶 안에서 계속되었음을 깨닫습니다. 이 후회를 줄여야 행복의 길에 가까워집니다. 따라서 되돌릴 수 없는 일이라면 과감하게 잊어버리고 지금에 충실할 수 있는 용기가 필요하지 않을까요?

제93회 아카데미 여우조연상을 받은 배우 윤여정 씨가 텔레비전 프로그램에 나와 나이에 대한 유명한 말을 남겼습니다.

"내가 처음 살아보는 거잖아. 나 67살이 처음이야."

윤여정 씨의 말처럼, 누구에게나 지금 자기 나이는 처음입니다. 그래서 낯설고 지금의 상황을 받아들이기 쉽지 않을 수도 있습니다. 문제는 지금 나이를 생각하지 않고 과거의 나이만 떠올린다는 것입니다. "내가 왕년에는 말이야….'라고 시작하는 말로 과거에만 머물려고 합니다. 그리고 이 과거의 나이를 통해 다른 이를 판단하고 때로는 잘못되었다면서 단죄합니다. 이 모든 것이 지금 자기 나이를 받아들이지 않는 모습입니다.

처음 살아보는 자기 나이, 이 나이를 기쁘게 받아들이려면 지금 할 수 있는 것을 찾아야 합니다. 하지만 할 수 있는 것이 없다고 생각할 때가 많습니다. 나이가 들어 힘이 없다고, 나이가 들어 정신도 예전 같지 않다고 말합니다. 그래서 나이 들면 어쩔 수 없다며 지금 나이에서 할 수 있는 것도 포기합니다. 그렇게 과거의 나이만 바라보고 맙니다.

많은 어른이 이렇게 과거의 나이만을 바라보고 있습니다. 그런데 절대로 과거의 나이를 바라보지 않고, 오히려 더 나이 먹기만을 바라는 사람이 있습니다. 과거에 하지 못한 것보다는 지금 할 수 있는 일들을 계속해서 말하고 있습니다. 이런 사람이 누구일까요? 바로 어린이입니다. 어린이는 과거의 나이를 바라보지 않습니다. 바로 지금의 나이만을 바라보며 미래를 꿈꿀 뿐입니다. 어린이를 바라보며 지금에 충실할 수 있는 용기를 키워보세요.

있는 그대로의 모습 받아들이기

사람은 달라도 너무 다릅니다. 한겨울에 길고양이가 불쌍하다며 물과 먹이를 주는 사람이 있지만, 길고양이가 너무 많다면서 학대하고 죽이는 사람도 있습니다. 어느 부모는 거리의 환경미화원을 가리키며 아이한테 저분 덕분에 깨끗이 산다고 말하고, 어떤 부모는 너도 공부 안 하면 저렇게 된다고 말합니다. 돈이 많아도 티 내지 않고 겸손하게 사는 사람이 있고, 부자도 아니면서 돈 자랑하는 사람도 있습니다. 이 밖에도 곳곳에서 전혀 다른 모습을 목격하게 됩니다.

이러한 차이를 무조건 잘못되었다고, 또 틀렸다고 할 수 있을까요? 물론 자기의 마음이 끌리는 모습도 있고, 그렇지 않을 수도 있습니다. 그러나 이런 다름을 각자 가지고 있기에 더 나은 가치를 찾으면서 살아가게 됩니다. 이를 인정하지 않고 서로 부정하기만 하면 함께 사는 방법이 사라지고 맙니다.

나와 다름을 도저히 받아들이기 힘든 사람은 혼자서 여행을 가보았으면 합니다. 누구하고도 말하지 말고 딱 일주일만 지내 보십시오. 얼마나 입이 근질근질해지는지 모릅니다. 평소 과묵하고 혼자 있는 것을 좋아하는 사람도 혼자만의 삶이 그렇게 쉽지 않음을 깨닫게 될 것입니다. 결국 함께 살 수밖에 없는 우리입니다. 그런데 계속해서 다르다는 것을 받아들일 수 없는 것처럼 생각합니다. 스스로 외로움 안으로 들어가는 모양입니다.

우리나라 엄마들의 뇌를 분석하는 흥미로운 실험이 방송에 소개된 적이 있습니다. 엄마들에게 특정 자극을 준 뒤에 뇌를 분석하는 연구였습니다.

우선 "우리 아이가 90점을 맞았어요."라는 소리를 들었을 때, 엄마들의 뇌는 어떤 반응을 보였을까요? 별다른 반응이 없었다고 합니다. 그러나 잠시 뒤, "우리 아이는 70점을 맞고, 옆집 아이는 50점을 맞았어요."라고 했을 때의 뇌 반응은 어떠했을까요? 90점보다 낮은 점수가 분명한데도, 즐거움과 보상을 담당하는 쾌락중추가 활성화되는 것을 볼 수 있었다고 합니다. 이 실험 결과를 두고 전문가는 이렇게 말했습니다.

"우리는 스스로 자신을 바라보는 자기 개념을 가진 것이 아니라, 제삼자의 시선에 따라 기쁨과 즐거움이 결정되는 경향이 있기 때문이다."

이렇게 제삼자의 시선에 따라 기쁨과 즐거움이 결정된다는 사실은 자신을 행복하게 하기가 힘들다는 뜻입니다. 있는 그대로의 자기를 바라보지 못하고, 남과 비교하면서 남보다 더 나은 나만을 생각하기 때문입니다. 그래서 자기 행복을 찾는 사람은 계속해서 있는 그대로의 모습을 받아들이기 위해 노력하는 사람이라고 합니다.

있는 그대로의 모습보다는 비교하고 판단하고 단죄하면서 거부의 삶을 살면, 마음은 더더욱 완고하게 변하면서 어떤 말과 행동도 좋게 바라볼 수 없게 됩니다.

'있음' 자체로 중요합니다

자기 고집이 너무 큰 남편을 변화시키기 위해 30년 이상을 헌신적으로 남편을 섬겼다고 말하는 분을 만난 적이 있습니다. 남편이 변화되었냐고 여쭤보니, 지금은 정년퇴직했는데 전보다 더안 좋아졌다고 합니다. 이제 포기해야 할까요? 그래서 헤어질 것을 고민하신다는 말씀이었습니다.

주위를 잘 보면, 타인을 변화시키려 노력하는 사람이 많습니다. 그러나 타인을 바꾸는 데 성공했다는 결과를 보여주는 사람을 찾기란 정말로 어렵습니다. '나' 하나도 바꾸기 어려운데, '나' 아닌 '타인'을 변화시킨다는 것이 어쩌면 불가능한 일처럼 보입니다. 그런데 심리학책을 보니, 자기에게 타인을 바꿀 능력이 있다는 착각은 비뚤어진 자기애에서 나올 때가 많다고 하더군요.

건강한 자기애로 충만한 사람은 자신의 가치와 능력에 의구심이 없기에 세상에 굳이 자신을 증명해 보이려고 애쓰지 않습니다. 반대로 건강한 자기애가 부족한 사람은 자신의 가치와 능력을 세상에 증명하기 위한 노력을 멈추지 않습니다. 문제는 자기 능력으로 세상에 자기 뜻을 펼치는 데 실패했을 때입니다. 그때 타인을 통해 자기 뜻을 실현하기 위해 타인의 변화를 추구한다는 것입니다. 결코 마음이 평화롭지 않습니다.

'있음' 자체로 소중합니다. 그렇기에 굳이 세상에 증명할 필요가 없습니다. 따라서 자기의 부족함을 볼 것이 아니라, 자신의 전 존재를 '있음' 그 자체로 사랑해야 합니다. 그래야 굳이 남을 바꾸려는 힘 빠지는 노력에서 벗어나서, 나 역시 타인을 '있음' 그 자체를 소중하게 바라볼 수 있게 될 것입니다.

어느 날 한 세미나 강사가 빳빳하고 깨끗한 100달러 지폐를 들고 물었습니다.

"이 100달러 지폐를 가지고 싶으면 손을 드십시오."

많은 학생이 손을 들었습니다. 그때 강사가 지폐를 심하게 구긴 후 "이래도 가지고 싶습니까?"라고 말했습니다. 학생들은 이상한 말을 한다면서 웃으며 여전히 손을 들고 있었습니다.

다시 강사가 마룻바닥에 지폐를 떨어뜨리고 신발로 마구 짓이겼습니다. 그래도 여전히 학생들이 가지고 싶다고 손을 들고 있었습니다. 그때 강사는 말했습니다.

"제가 100달러짜리 지폐를 구기고 짓밟아도 여러분들이 여전히 이것을 원하는 이유는 그 가치가 그대로 보존돼 있기 때문입니다."

수많은 실패와 상처로 짓이겨지고 더럽혀져도 우리의 가치는 그대로 존재합니다. 따라서 자신을 가치 없다고 생각하지 말고, 가치 있게 보는 시각으로 자신을 볼 수 있어야 합니다. 우리의 가치는 불변합니다. '있음' 자체가 중요합니다.

시선을 어디에 두는가?

어느 인기 연예인의 수필을 읽다가 이런 내용을 보았습니다. 어렸을 때, 자전거를 타다가 발등을 다치게 되었는데 제대로 관리를 안 해서인지 피부 괴사가 진행된 것입니다. 결국 수술까지 하게 되었고, 수술 결과로 발등에 흉터가 생겼습니다. 이 흉터가 정말로 싫었고, 이 흉터에 대한 남의 시선을 느끼면서 하나의 선택을 하게 되었습니다. 타투를 해서 흉터를 가린 것입니다.

이렇게 흉터를 가려서 사람들이 더는 자기의 흉터를 보지 않을 것으로 생각했지만, 피곤한 일이 더 생겼습니다. 오히려 사람들의 시선과 관심이 쏟아지는 것입니다. "이게 뭐야? 안 아팠어? 왜 했어? 어디서 했어?" 등의 질문이 계속해서 이어졌습니다.

못난 흉터가 보이는 발등에 대해서는 아무도 어떤 이야기를 하지 않았지만, 타투로 꾸며진 발등에 대해서는 너무 큰 관심과 시선이 쏟아지더라는 것입니다. 결국, 관심과 시선이 부담스러워서 발등을 더 숨기고 살게 되었다는 이야기였습니다.

사실 나의 단점에 대해 다른 이는 그렇게 크게 관심을 두지 않습니다. 나의 단점은 그저 나만 관심을 가질 뿐입니다. 사람들도 나처럼 흉하게 볼 것이라는 막연한 생각이 오히려 더 큰 관심을 끌었던 것을 보면서, 다른 이의 시선보다 나의 시선이 더 중요하다는 사실을 깨닫습니다.

몇 년 전에 결혼식 주례를 위해 예식장에서 겪었던 일이 생각납니다. 신랑 아버지의 간곡한 부탁으로 결혼식 주례를 서게 되었습니다. 하지만 결혼식 주인공인 신랑 신부도 잘 모르고 또 하객도 아는 사람이 없었습니다. 저와 신랑 아버지의 친분만 있을 뿐이었지요. 신랑 아버지는 어떻게든 저를 챙겨주려고 하셨지만, 오시는 손님을 맞이해야 하니 굳이 신경 쓰지 않아도 된다고 말씀드린 뒤에 아직 시간이 많이 남아서 예식장 주변을 돌면서 묵주기도를 했습니다. 그리고 예식 시간에 맞춰서 들어가 주례를 선 뒤에 곧바로 집에 돌아왔습니다. 그래도 아쉽지 않았습니다. 왜 그랬을까요? 당연히 이 결혼식의 주인공은 제가 아니라, 신랑 신부이기 때문입니다. 저는 단지 결혼식을 빛내기 위해 잠시 들린 엑스트라 중 한 명일 뿐이니까요.

만약 주인공인 신랑 신부에게 아무도 관심을 두지 않고, 저한테만 모든 관심이 쏠렸다면 어떠했을까요? 이 결혼식은 엉망이 되고 맙니다. 주인공은 항상 특별 대우를 받아야 합니다.

어느 어르신과 대화를 나누다가 자신이 왕년에 얼마나 대단하셨는지를 이야기해주십니다. 자기 자리에서 최선을 다했음을 말씀해주셨습니다. 한때 이런 분을 만나면, '꼰대처럼 말씀하시는 것'이라고 생각했던 적도 있습니다. 그러나 그만큼 자기 삶의 주인공으로 열심히 사셨다는 것입니다. 앞서도 말씀드렸듯이, 주인공은 특별 대우를 받아야 하고, 함부로 해서는 안 됩니다. 따라서 자기 삶의 주인공으로 열심히 사신 분을 무시하는 것은 큰 실례입니다.

이렇게 따져 보면 누구도 소홀히 해서는 안 됨을 깨닫습니다. 스스로 다른 이에게 관심받고 싶고 존중받고 싶은 것처럼, 세상의 모든 사람은 자기 삶의 주인공으로 존중받아 마땅합니다. 따라서 나의 시선을 어디에 두는지가 중요합니다. 나의 시선이 함께 사는 행복을 만들 수 있습니다.

자기 일에 집중하는 사람

우리에게 시간과 에너지는 한정적입니다. 열심히 살겠다고 다짐한다고 해서 하느님께서 한 시간을 내게 더 늘려주시지 않습니다. 그래서 이 한정적 시간과 에너지를 어떻게 잘 활용할지가 관건입니다. 하지만 늘 시간은 부족하다고 느껴지고, 입에서는 바쁘다는 말이 습관적으로 나오곤 합니다. 기도할 시간이 없다고, 운동할 시간이 없다고, 책 보고 공부할 시간도 없다고 말합니다. 그런데 재미있는 점은 어딜 가봐도 사람들이 스마트폰을 만지작거리고 있다는 사실입니다. 어느 책을 보니 지금의 현대인은 하루 평균 2,600번씩 스마트폰을 터치한다고 하더군요. 결국 스마트폰과 함께하는 시간이 늘어나면서 정작 다른 곳에 쓸 시간이 줄어든 것이 아닐까요?

언젠가 지인과 식사하러 식당에 갔는데, 한 아이가 울어대는 것입니다. 아직 걷지도 못하는 너무 어린 아이였습니다. 그런데 스마트폰 화면을 보여주니 갑자기 눈이 초롱초롱해지면서 울음을 멈춥니다. 스마트폰의 중독성에 이 어린아이 역시 빠져 있는 것이지요.

스마트폰을 보다 보면 시간 가는 줄을 모른다고 합니다. 또 제대로 삶에 집중할 수도 없습니다. 시간만 그냥 흘려보내고 맙니다. 그런데 조사 결과 하나를 본 적이 있습니다. 소위 성공했다는 사람들의 공통점을 찾다 보니, 이들 모두 하나같이 연락이 잘 안 된다는 것이었습니다. 스마트폰은 가지고 있지만, 무음으로 놓거나 꺼놔서 잘 연결되지 않는다고 합니다. 그만큼 자기 일에 집중할 수 있었다는 뜻입니다.

식사하다가 오랜만에 예능 프로그램을 보게 되었습니다. 텔레비전을 잘 보지 않는데, 우연히 보게 된 예능 프로그램이 너무 재미있었습니다. 1시간 넘게 하는 이 프로그램을 끝까지 다 보았습니다. 실컷 웃으면서 봤지만, 프로그램이 끝난 후 마음 한쪽에 불편한 마음이 들었습니다. 꼭 시간을 낭비했다고 생각해서만은 아닌 것 같았습니다. '왜?'라는 물음표를 가지던 중에, 어느 심리학책에서 '가짜 재미'라는 단어를 보게 되었습니다. 제가 직접 행동해 얻는 재미가 아니라, 남이 주는 재미를 '가짜 재미'라고 하더군요.

정크푸드를 많이 먹습니다. 맛도 좋습니다. 그러나 이 정크푸드는 신속한 즐거움을 줄 뿐, 완전한 만족감을 주지는 못합니다. 오히려 건강을 해치기도 합니다. '가짜 재미'와 마찬가지로 '가짜 맛'이기 때문입니다.

'진짜 재미'는 진짜 자아에 충실할 때 얻을 수 있습니다. 사랑할 때, 자신에게 의미와 기쁨을 주는 이와 함께할 때, 또는 신앙 안에서 '진짜 재미'를 얻을 수 있습니다. 혹시 사랑하지 않은 가짜 재미, 의미도 기쁨도 없이 나의 욕심만 채우는 가짜 재미만 찾았던 것은 아닐까요? 진짜 자아에 충실한 사람, 그래서 자기 일에 집중하는 사람이 '진짜 재미'를 느낄 것입니다.

제대로 된 자기 역사 만들기

이런 이야기가 있습니다. 그림 그리기 대회에 나간 주인공이 '불꽃놀이'를 주제로 불꽃과 검은색 밤하늘을 그리고 있었습니다. 이 그림을 본 친구가 이렇게 말합니다.

"밤하늘이 마냥 검은색인 건 아니야."

주인공은 밤에 빛이 없으니 검은색이 맞다고 우겼지만, 상을 받은 것은 짙은 남색으로 밤하늘을 칠한 친구였습니다. 그때 주인공은 처음으로 하늘을 관찰할 수 있었습니다. 파란색, 붉은색, 연보라색을 거쳐 짙은 남색이 된 하늘을….

인상적인 이야기였고, 동시에 나 자신을 반성하게 되었습니다. 세상을 제대로 바라보았는지를 말입니다. 그냥 막연하게 '이럴 것이다'라며 판단했던 적이 참 많았기 때문입니다. 요즘 읽는 역사책이 있습니다. 많은 시간이 지난 뒤에야 제대로 된 판단이 가능해짐을 깨닫습니다. 당시의 군주는 최고의 선택을 했다고 생각했겠지만, 역사는 최악의 선택이었다고 이야기합니다. 최악의 선택을 했던 당시의 군주는 제대로 보지 못했던 것입니다.

1986년 우주 왕복선 챌린저호가 발사 직후 폭발하는 사고가 있었습니다. 인지 심리학의 아버지라 불리는 미국 에모리대학교 율릭 나이서Ulric Neisser 교수는 다음 날 자신의 강의를 듣는 100여 명의 학생에게 '위 사고 소식을 언제, 어디서, 어떻게 들었는지' 자세히 적게 한 다음, 그 답지를 보관했습니다. 그리고 2년 반 후에 같은 학생들에게 똑같은 질문을 하고 답을 받았습니다.

이제 두 답지를 비교합니다. 그 차이는 어떠했을까요? 학생 중에서 25%가 완전히 다른 대답을 했고, 65%는 세부 사항에서 큰 차이를 보였으며, 단 10%만 동일하게 답변한 것입니다. 그런데 더 재미있는 사실은 대부분 현재의 기억이 아주 확실하다고 믿고 있었습니다.

우리의 기억은 이렇게 정확하지 않습니다. 대략적이고 나머지는 추론으로 채워가며, 이 과정에서 자신의 경험, 감정, 환경 등이 결정적인 영향을 미치고 있었습니다. 우리가 보는 것, 기억하는 것, 생각하는 것 등이 정확하지 않음을 인정할 수 있어야 합니다. 그런데도 자신의 기억이 무조건 맞는 것처럼 생각하고, 다른 이의 기억을 인정하지 않으려고 했던 것이 아닐까요?

지혜로운 사람은 많은 것을 기억하고, 자기주장을 확실하게
하는 사람이 아니었습니다. 나의 틀림도 인정할 수 있는 겸손한
사람이 진짜 지혜로운 사람이었습니다.

누구나 자기 역사를 만들어갑니다. 그러나 좋은 역사를 만들
려면 지금을 제대로 볼 수 있어야 합니다.

'나'만이 할 수 있는 것, 빼는 삶

예전에 신부들과 산책을 함께하다가 있었던 일이 생각납니다. 산책하며 즐겁게 이야기를 나누었는데 한 신부가 "뱀!"이라며 급박한 목소리로 외쳤습니다. 그 말에 함께 걷던 신부 모두는 움찔했고, 그중에 동작 빠른 신부는 다급하게 도망치기도 했습니다. 실제로 땅에서 뱀 같은 것을 보았기 때문입니다. 사실 뱀이라는 외침은 장난이었습니다. 도망친 신부는 뱀이 아니라 땅에 떨어진 노끈을 보고서 놀라서 도망친 것이었지요.

다른 이의 말과 행동에 깜짝 놀라 공포에 빠질 때가 있습니다. 그 말과 행동으로 생각을 부정적으로 만들기 때문입니다. 부정적 생각에서 벗어나려면 먼저 사실 여부를 확인해야 합니다. 즉 직접 보고 판단하면서 스스로 부정적 생각에서 벗어나야 합니다.

고통 속에 있는 사람의 마음을 다른 사람의 말로 바꿀 수 있을까요? 바꿀 수 없습니다. 스스로 그 말을 받아들이고 바꿔야만 고통스러운 생각에서 벗어날 수 있습니다. 때로는 하느님께서 직접 활동하셔서 이 모든 상황을 벗어나 편할 수 있게 해달라고 청합니다. 하지만 하느님께 청하기 전에 내가 스스로 먼저 해결해야 할 문제이지요.

1934년 시카고 세계 박람회에서 '세계적 발전의 히트 음식'으로 선정된 음식이 있습니다. 바로 도넛입니다. 도넛은 동그란 모양의 밀가루 반죽을 기름에 튀긴 음식으로 가운데가 뻥 뚫려 있습니다. 처음부터 그런 모양이 아니었는데, 원래 가운데가 채워져 있었지요.

미국의 핸슨 그레고리Hanson Gregory는 도넛 가운데가 눅눅한 것에 늘 불만을 품었다고 합니다. 그래서 포크로 도넛의 눅눅한 가운데를 파내서 링 모양으로 만들어 먹었습니다. 바로 그 순간, 만들 때부터 이렇게 만들면 어떨지 싶어서 가운데를 비우고 튀긴 것이지요. 이렇게 만든 도넛은 골고루 튀겨져서 식감이 바삭했고, 조리 시간도 줄일 수 있었습니다. 그 결과, 1934년에 '세계적 발전의 히트 음식'으로까지 선정된 것입니다.

일반적으로 사람들은 빼는 것보다 더하는 것이 좋다고 생각합니다. 그러나 빼는 것이 더 좋을 때도 있었습니다. 무언가를 빼려면 용기 있는 생각의 전환과 함께 고정관념에서 벗어나야 합니다.

작가 생텍쥐페리는 "완벽함은 더 보탤 게 없을 때가 아니라 더는 뺄 게 없을 때 완성된다."라고 했습니다. 과감하게 뺄 수 있는 용기, 그렇다면 '나의 삶' 안에서 나만이 할 수 있는 빼야 할 것은 무엇일까요? 생각해보니 너무 많습니다.

나만이 바꿀 수 있는 것

50년 이상 결혼생활을 해오신 노부부가 있습니다. 기자가 할머니께 여쭤보았습니다.

"그렇게 오랜 시간을 함께 사신 걸 보면 할아버지께서 좋은 분이셔서 그렇죠?"

그러자 강하게 손사래를 치시며 절대로 아니라고 하십니다. 오히려 이렇게 나쁜 사람이 세상에 어디 있겠냐고 합니다. 젊었을 때 사고도 많이 치고, 얼마나 이기적인지 지금도 자기밖에 모른다고 말씀하십니다. 그래서 기자는 "그렇다면 다시 태어나면 지금의 할아버지를 선택하지 않으시겠네요?"라고 물었습니다. 잠시 고민하시던 할머니께서는 뜻밖에도 다시 태어나도 할아버지를 선택하시겠다고 합니다. 그 이유를 이렇게 말씀하셨습니다.

"내가 이 사람한테 맞추려고 얼마나 힘들었는데…. 겨우 이렇게 한 사람과 맞췄는데, 어떻게 다른 사람과 또 맞출 수 있겠어?"

어쩌면 좋은 사람과만 같이 산다기보다, 서로 맞춰가며 살아가는 것이 인생인지 모릅니다.

아카데미 여우조연상을 받은 배우 윤여정 씨에 관한 이야기를 들었습니다. 그녀는 이혼 후 싱글 맘으로 생활고에 시달렸다고 합니다. 그래서 어린 두 아들을 위해 필사적으로 연기했다고 합니다. 특히 전 남편이 언론에서 자기 험담을 할 때도 단 한 번 언급하지 않고 묵묵히 자기 할 일만 한 것으로 유명합니다. 이에 대해 그녀는 이렇게 말했습니다.

"세상은 서러움 그 자체고 인생은 불공평이야. 서러움이 있지 왜 없어. 그런데 그 서러움을 내가 극복해야 하는 거 같아. 나는 내가 극복했어."

또 이런 말도 남겼습니다.

"살아 있는데 어떻게 스트레스를 안 받겠냐고. 스트레스를 받는다는 것은 살아 있다는 것이고, 행복한 일이야. 어렵지 않고 아프지 않은 인생이 어딨어? 내 인생만 어려운 것 같지만 다 아프고 다 어려워. 하나씩 내려놓고 포기할 줄 알아야 해. 난 웃고 살기로 했어. 인생 한번 살아볼 만해. 진짜 재밌어."

윤여정 배우처럼 관점을 바꾸어야 하지 않을까 싶습니다. 사실 관점을 바꿔보면, 사는 모습 자체가 바뀔 수밖에 없습니다. 진짜로 재미있는 인생이 펼쳐질 수 있습니다. 그러나 우리는 이 관점 바꾸기를 힘들어합니다. 관점은 다른 이가 바꿔주지 않습니다. 또 상황이 바뀌는 것으로 관점이 달라지지도 않습니다. 관점은 바로 나만이 바꿀 수 있고, 또 외부 상황이 아닌 내 마음이 변해야 바꿀 수 있습니다.

두려워하지 마라

근육 무력증으로 사형 선고를 받은 중년의 남성 이야기를 들었습니다. 그는 이 선고를 받고 4가지를 결심합니다.

"첫째, 나는 절대로 불평하지 않겠다.

둘째, 나는 가정을 밝게 만들겠다.

셋째, 나는 받은 축복을 세어가며 살겠다.

넷째, 나는 고통을 유익으로 바꾸려고 노력하겠다."

그렇게 결심하자 신기하게 두려움이 사라지고 근육에도 새로운 힘이 생겨나면서 죽음을 이겨낼 수 있었습니다.

두려움 속에서 힘들게 보낸 시간이 있었을 것입니다. 그때 과연 어떤 마음을 품었습니까? 불평불만의 마음이 가득하지 않았습니까?

공포 영화를 보신 적이 있을 것입니다. 영화에 나오는 공포는 실제로 이루어질까요? 아닙니다. 생각만으로 그 공포를 자기 것으로 만들 뿐입니다. 우리의 두려움도 그럴 때가 많습니다. 실제로 이루어지지 않을 일을 미리 겁먹고 두려움 속에 힘든 시간을 보내곤 합니다. 이때 주님의 말씀이 큰 힘으로 다가옵니다.

"두려워하지 마라."(마태 28,10)

나답게 사는 삶

어렸을 때부터 제 바로 위의 형님과 많이 닮았다는 이야기를 자주 들었습니다. 얼굴도 비슷하고 키도 비슷했습니다. 닮았다는 이야기를 많이 들으면서 다른 모습도 닮아야 한다는 생각을 많이 했던 것 같습니다. 형님처럼 공부도 잘하고, 악기도 잘 다루고, 또 각종 능력도 닮아야 한다고 생각했습니다. 그런데 외모 외에는 닮을 수 없었습니다. 사실 형님과 저는 네 살 차이가 납니다. 어렸을 때 네 살 차이는 능력과 재주에서는 큰 차이를 보일 수밖에 없는 것이 당연했습니다. 하지만 그 차이로 어렸을 때 열등감이 생겼고, 소심해졌습니다.

신학교에 들어간 뒤에 하느님께서 우리를 모두 다르게 만드셨음을 깨닫게 되었습니다. 똑같은 일이 아닌 각자 다른 역할을 주신 것입니다. 서로 다르게 태어났으므로 우리 각자는 고유한 천직과 소명이 있습니다. 따라서 이를 찾지 못할 때, 그리고 남처럼만 되려고 할 때, 자기 삶은 불행해질 수밖에 없습니다.

'나'로 살지 않고, '남'으로 살기 때문입니다.

다양함은 참으로 큰 은총입니다. 다양한 사람은 공동체 전체를 형성하는 데 없어서는 안 될 귀중한 존재입니다.

몇 년 전 휴가 때, 경상도에 있는 수목원을 방문했습니다. 모든 것이 예약제였는데, 입장이나 그 안에서 식사도 예약해야 가능한 곳이었습니다. 가격도 상당했습니다. 그럼에도 어느 책에서 소개한 내용을 보고는 관심이 갔고, 그해의 첫 휴가인데 그동안 쉼 없이 달려온 것에 대한 보상 차원에서 다녀오겠다고 결심했습니다.

날짜가 가까워지면서 약간의 걱정이 생겼습니다. '이런 곳을 혼자 가는 사람이 있을까?' '다들 누군가와 함께 올 텐데 나만 혼자 가면 어색하지 않을까?' '식사 가격도 상당하던데, 나 혼자 가는데 이렇게 비싼 식사를 하면 사람들이 흉보지 않을까?' 같은 생각이 밀려왔습니다. 그러나 곧바로 이런 생각을 하게 되었습니다.

'내가 뭐 그렇게 대단한 사람인가?'

저를 바라보는 사람에게 저는 대단하지도 또 중요하지도 않은 존재입니다. 그래서 제게 신경 쓸 필요가 없습니다. 그 좋은 곳에서 굳이 대단하지도 않은 사람까지 신경 쓸 필요가 뭐 있겠습니까? 이 점을 생각하니 그저 저에게만 집중하면 되었습니다. '나'는 '나'에게만 대단하고 중요한 존재이기 때문입니다.

'나'의 자유를 존중하면서 아주 맛있는 식사를 할 수 있었고, 힘들어도 그곳에서 멋진 시간을 보낼 수 있었습니다. 남 눈치보다 내 눈치가 더 중요하지 않을까요?

많은 사람이 하지만 저는 전혀 하지 못하는 것이 꽤 많습니다. 운동을 좋아하지만, 스키도 골프도 이제까지 해본 적이 없어서 전혀 하지 못합니다. 이런 스포츠를 즐기는 사람을 굳이 부러워하지도 않습니다. 하지만 전혀 하지 못하지만, 꼭 해보고 싶은 것은 하나 있습니다. 바로 오토바이를 타는 것입니다.

특히 쿠바 혁명가인 체 게바라가 젊은 날 오토바이를 타고 남미 대륙을 여행했다는 글을 읽으며 나도 한번 해보고 싶어졌습니다. 그런 생각만 했을 뿐, 아직도 오토바이 위에는 올라가 본 적도 없습니다.

전에 살았던 강화도에서는 종종 오토바이를 타는 사람들의 행렬을 볼 수 있었습니다. 이들을 보며 어렸을 때 소망이 떠오르면서 부럽기도 하면서 또 그들이 너무나 멋져 보였습니다. 하지만 자동차를 운전하다가 그들과 나란히 신호대기를 한 적이 있었는데, 그때 실망감을 느꼈습니다. 모두 똑같은 차림새였습니다. 오토바이 타는 한 사람을 볼 때는 멋있었는데, 똑같은 차림새에 개성이 전혀 보이지 않아 실망했지요.

남만큼만 하면 된다는 식으로 남을 쫓아 사는 사람이 있습니다. 그렇게 멋져 보이지 않습니다. 그보다 자기 개성을 드러내며 자기 본연의 모습을 드러내는 사람이 훨씬 더 멋져 보이지 않습니까? 어렵고 힘들어도 나의 삶을 살아야 합니다. 남들과 비교하면서 그들처럼 사는 삶이 중요하지 않습니다. 남들만큼은 살아야 한다고 생각하는 삶 역시 옳지 않습니다. 자기 고유의 삶을 사는 사람만이 어떤 상황에서도 기쁨의 삶, 행복의 삶을 살 수 있습니다.

스토리를 만드는 삶

요즘 도시에서 아이를 보기 힘들다는 말을 많이 듣습니다. 아파트 놀이터는 늘 텅 비어 있고, 아이를 보려면 학원에 가야 한다고 하더군요. 그런데 제가 사는 송도의 공원에서는 쉽게 아이들을 볼 수 있습니다. 아마 젊은 부부가 많이 사는 지역이기 때문일 것입니다.

더운 여름 공원의 분수에서 쏟아내는 물을 맞으며 뛰어노는 아이들을 보면서, 저의 유년 시절과 다른 점을 발견합니다. 우선 그때는 보호자가 함께 있지 않았습니다. 또래 문화가 중심이었고, 같은 또래와 함께 어울려 뛰어놀았습니다. 지금처럼 부모가 함께 있었던 경우는 거의 없었습니다.

놀이터도 없어서 그냥 공터만 있으면 충분했습니다. 그곳에서 야구도 하고, 축구도 하고, 세계적인 인기를 끌었던 드라마 〈오징어게임〉에 나오는 놀이를 하면서 온종일 놀았던 기억이 있습니다.

이렇게 매일 놀았는데, 당시 친구 모두 지금 자기 자리에서 잘 살고 있습니다. 종종 만날 때마다 그때 같이 놀던 이야기를 하며 "그때가 좋았어."라고 합니다. 솔직히 요즘 아이들을 보면 걱정이 됩니다. 한 아이에게 방학이라서 많이 놀고 있냐고 묻자, 오늘도 학원만 여섯 군데를 가야 한다며 한숨짓는 게 아니겠습니까. 이 아이들은 나중에 어른이 되어서 어떤 말을 하게 될까요?

책이나 영화를 볼 때 제일 중요한 것이 무엇일까요? 바로 스토리입니다. 스토리가 있어야 흥미를 잃지 않고 계속해서 볼 수 있겠지요. 우리 삶도 이 스토리가 있어야 하지 않을까요? 스토리를 통해서 신나고 멋진 삶이 될 수 있기 때문입니다. 어떤 스토리를 만들어야 할까요?

8남매의 막내로 태어난 이 사람은 우울증으로 평생 죽음에 대한 공포와 자살 충동에 시달렸습니다. 이는 형제 모두에게 있는 증상으로, 실제로 8남매 중에서 3명이 스스로 목숨을 끊습니다. 부모에게 물려받은 막대한 재산이 있었지만, 모두 포기하고 조용한 산골에 들어가 홀로 은둔 생활을 합니다. 그러던 어느 날, 몸이 좋지 않아서 병원에 갔다가 암을 판정받게 되지요. 그리고 이 암을 이기지 못하고 결국 세상을 떠납니다. 과연 이 사람의 삶은 행복하다고 할 수 있을까요? 불행하다고 할 수 있을까요?

이 정도만 들으면 아마 불행한 삶으로 생각할 것 같습니다. 평생 죽음을 떠올렸다고 하니 어떻게 행복할 수 있을까 싶지요. 하지만 암으로 이 세상을 떠나기 직전에 이런 말을 남겼다고 합니다.

"사람들에게 내 삶이 참 멋있었다고 전해주시오."

이 사람은 바로 20세기 오스트리아의 위대한 철학가 비트겐슈타인Ludwig Wittgenstein입니다. 이 마지막 말을 통해 사람들은 그가 '행복했었구나.'라고 생각합니다. 그는 삶의 의미를 발견했기 때문입니다. 그래서 멋진 삶을 살았다고 자신 있게 말했을 것입니다.

행복하려면 '즐거움'이 있어야 한다고 합니다. 그런데 죽음을 앞둔 사람에게 무엇을 후회하는지 물으면, 좀 더 즐기지 못했다는 이유를 말하지 않습니다. 그보다 의미 있는 삶을 살지 못한 후회만 남아 있다고 이야기합니다.

비트겐슈타인은 평생 자기 삶의 의미를 찾았고, 그 결과 죽음의 마지막 순간에 멋지게 살았다고 말할 수 있었습니다. 여러분은 어떤가요? 단순히 자기만족을 위한 즐거움만 찾으면, 마지막 순간에 후회할 일만 만들게 될 것입니다.

중화권에서 가장 영향력 있는 작가로 알려진 비수민畢淑敏 작가가 한 대학교에서 강연했습니다. 감동적인 강연을 마치고 질의응답 시간에 한 학생이 손을 번쩍 들어 물었습니다.

"선생님, 삶의 의미가 뭐라고 생각하시나요?"

그러자 비수민 작가는 별 표정 없이 담담하게 대답했습니다.

"산다는 건 원래 아무 의미 없어요."

작가의 대답에 학생들은 웅성대기 시작했습니다. 강의 내용 자체가 삶의 의미에 대한 것이었기 때문이지요. 작가는 곧바로 말했습니다.

"하지만 내 인생에 스스로 의미를 부여하는 순간, 그 삶의 의미는 완전히 달라지죠."

공감이 가는 대답입니다. 삶의 의미는 내 인생에 스스로 의미를 부여하는 것이었습니다. 그러나 의미 자체를 찾지 못하는 사람이 얼마나 많은지 모릅니다. 죽음의 아우슈비츠 수용소에서도 의미를 부여했던 사람만 살았다는 사실처럼, 계속해서 의미를 부여하는 사람만이 이 세상을 살 수 있습니다.

생각을 바꾸기 위한 노력

어느 책에서 인상 깊은 구절을 읽게 되었습니다.

"우리는 실제가 아니라 생각의 세계에서 살아갑니다."

누구도 생각의 세계에 산다고 말하지 않습니다. 지금 눈 앞에 펼쳐진 현실이 실재이며, 생각과 같은 가상이라고 하지 않기 때문입니다. 하지만 저자는 카페에 있는 사람들을 예로 들며 생각의 세계에서 살아가는 우리를 말하고 있습니다.

어느 카페 안에 실의에 빠진 사람이 있습니다. 무엇을 해야 할지 몰라서 마음의 스트레스가 대단한 상태입니다. 하지만 카페 안에 있던 다른 사람은 갓 볶아낸 신선한 커피 향을 즐기며 평화롭게 다른 사람을 지켜보고 있습니다. 실제는 카페 안이지만, 이 두 사람이 바라보는 세계는 전혀 다르다는 것이지요. 그 차이는 바로 생각 안에서 생겨난다고 말합니다.

생각 안에서 우리는 지금을 전혀 다르게 살게 됩니다. 그래서 어떤 생각을 하며 사는가가 매우 중요합니다. 문제는 이 생각을 실제라고 단정한다는 것입니다. 누군가가 너무 밉습니다. 그 사람이 하는 말과 행동으로 말미암아 미워할 수밖에 없다고 말합니다. 하지만 이 사람을 사랑하는 사람이 전혀 없을까요? 그와 반대로 너무나 사랑하는 사람도 있을 것입니다. 바로 생각의 차이 때문입니다.

내 생각을 바꾸기 위한 노력, 이것이 지금을 잘 사는 비결이었습니다. 그 생각이 자기 실제의 삶이 되기 때문입니다.

지금 나를 그토록 힘들게 했던 생각은 무엇입니까? 그렇다면 지금 바꿔야 할 생각은 무엇일까요?

갑곶성지에 있을 때, 손을 자주 다쳤습니다. 성지 바깥일을 하다가 나무에 찔린 적도 있고, 요리하다가 칼에 베인 적도 있습니다. 강화도 시골길을 자전거 타고 가다가 돌부리에 걸려 넘어져서 손을 다치기도 했습니다. 심지어 책을 읽다가 책에 베인 적도 있지요.

올 초부터 인천 송도에 있는 성김대건성당에 살고 있습니다. 그런데 전에는 그렇게 손을 많이 다쳤는데, 이곳에서는 다친 적이 한 번도 없습니다. 특별히 갑곶성지에 문제가 있었을까요? 아닙니다. 갑곶성지와 달리 이곳에서는 손 쓸 일이 그렇게 많지 않기 때문입니다. 주방 일도, 또 바깥일도 하지 않으며, 자전거 도로는 잘되어 있어서 넘어질 일도 없었습니다.

손을 많이 다치는 이유는 손을 많이 사용하기 때문입니다. 그렇다면 다친다고 손 사용하는 것을 멈춰야 할까요? 아닙니다. 손 사용을 멈출 수 없으니 조심할 뿐입니다.

마음을 다친 분을 종종 만납니다. 어쩌면 이들도 마찬가지가 아닐까요? 마음을 많이 쓰기 때문에 마음을 다치는 것입니다. 그렇다면 상처받았다고 마음 쓰는 것을 멈추는 것이 옳을까요? 다칠 수도 있다는 것을 알면서도 마음은 써야 합니다. 멈추는 것이 아니라 조심하면서 계속해서 마음을 써야 지혜로운 사람일 것입니다.

마음과 몸은 연결되어 있습니다

마음과 몸은 통합되어 있다는 말이 있습니다. 즉 생각과 감정은 몸에 영향을 준다는 것입니다. 이는 반대로도 마찬가지입니다. 몸의 움직임은 마음가짐에 영향을 미칩니다. 예를 들어, 미소 짓거나 인상을 찌푸리면 또는 친절한 표정이나 화난 표정을 지을 때 감정이 이를 따라간다는 것입니다. 연구 대상자들이 화난 사람의 표정을 흉내 내자 심박수와 피부 온도가 올라갔고, 기분이 나빠졌다고 밝혔습니다.

얼굴뿐 아니라 우리 몸 전체가 기분을 바꾸는 데 쓸 수 있습니다. 심리학자 세라 스노드그래스Sara Snodgrass는 연구 참여자를 두 그룹으로 나눈 후, 각 그룹에 3분간 특정한 자세로 걸으라고 요청했습니다. 첫 번째 그룹은 시선을 앞으로 향한 채 팔을 앞뒤로 흔들며 큰 보폭으로 걷게 했습니다. 자신감과 낙관적인 기분을 외부로 드러내는 걸음걸이였습니다. 두 번째 그룹에는 시선을 아래로 향한 채 발을 끌며 작은 보폭으로 걸으라고 했습니다. 낙담한 채로 생각에 잠긴 상태일 때의 걸음걸입니다. 이 두 그룹 중에서 3분간 '행복한' 산책을 한 그룹이 다른 그룹보다 더 기분이 좋아졌음을 알 수 있었습니다.

마음과 몸은 이렇게 연결되어 있습니다. 생각만으로도 몸을 튼튼하게 할 수 있으며, 몸의 움직임만으로도 행복한 마음을 가질 수 있었습니다. 따라서 몸도 마음도 다 관리해야 합니다. 그래야 이 세상을 더 건강하게 살 수 있습니다.

하버드대학교의 실험 중, 청소부들을 대상으로 한 유명한 실험도 기억납니다. 청소부들은 나이가 들수록 혈압이 높아지고 건강이 안 좋아졌습니다. 그들은 매일 15개의 호텔 방을 청소해야 하므로 운동할 시간이 없어 건강이 좋아지지 않는 것은 어쩔 수 없다고 말합니다. 이런 상태에 있는 두 호텔 가운데 한 곳의 청소부들을 모아서 그들의 청소 활동이 자신에게 어떤 도움이 될 수 있는지 상세히 설명해주었습니다. 즉 이 청소가 오히려 매일 살이 빠지는 좋은 운동임을 각인시킨 것입니다.

이 설명을 들은 청소부들은 모두 한 달 뒤에 체중과 체지방 비율, 그리고 허리둘레가 줄었습니다. 또 혈압도 떨어지면서 건강 상태가 놀라울 정도 개선된 것입니다. 그러나 이 설명을 듣지 못했던 다른 호텔의 청소부들은 예전과 똑같았습니다.

자기를 바라보는 마음이 중요하다는 것을 보여주는 실험이었습니다. 어떤 마음을 품느냐에 따라 자기에게 유익한 일이 될수도 있고, 반대로 가장 해로운 일이 될 수도 있었습니다. 그런데 많은 이가 불평불만을 가득 담고 있습니다. 어떤 것도 자기를 위한 좋은 일이 될 수 있는데도, 무조건 나쁜 일이라고 단정지으면 좋은 혜택에서 멀어질 뿐입니다.

마음을 바꾸면 힘들지 않습니다

보통 건물의 재건축 논의는 지은 지 몇 년을 기준으로 진행될까요? 보통 30년을 기점으로 재건축 논의가 진행된다고 합니다. 그래서 준공 30년이 경과한 건물만 재건축할 수 있습니다.

이 '30년'이라는 시간을 보면서, 저의 마음을 바라봅니다. 건축물도 30년이 지나면 새롭게 다시 짓는데, 제 마음은 옛날 모습 그대로 간직한 것이 아닐까 싶었습니다. 원래 '나'는 어쩔 수 없다면서 새롭게 만들려는 논의조차 못 했던 것이 아니었을까요?

재건축된 곳을 보면 너무 멋집니다. 물론 재건축 들어가기 전까지 많은 논의를 비롯한 복잡한 과정을 거쳐야겠지만, 이 과정을 거쳐서 재건축이 이루어지면 깨끗하고 멋진 공간으로 재창출됩니다. 우리 마음도 새롭게 만들 수 있어야 합니다. 지저분하고 복잡한 내 마음을 새롭게 다시 만들어야 깨끗하고 멋진 내가 될 수 있습니다. '어쩔 수 없어!' '변하는 것은 불가능해.' '나는 이런 마음이 편해.' 등 자기 마음의 재건축을 가로막는 잘못된 마음이 너무나 많았습니다. 나의 멋진 미래를 위해 자기 마음을 새롭게 만드는 작업은 반드시 필요했습니다.

갑곶순교성지를 처음 시작하며 경당을 지을 때 들었던 말이 생각납니다. 건축 설계사는 건축에 대해 아무것도 모르는 저를 향해 이렇게 말씀해주시더군요.

"신부님! 집 짓는 것의 반은 부수는 것입니다."

먼저 완전히 부수어야 짓는 것이 수월해집니다. 자기 마음을 새롭게 만들기 위해서는 먼저 자기 안에 있는 부수어야 할 것을 찾고, 또 실제로 부수어야 합니다. 미움의 마음, 욕심과 이기심, 쉽게 판단하고 단죄하는 섣부름, 함께 아닌 혼자의 마음, 할 수 없다고 생각하는 부정적 마음, 나만 사랑받으려는 마음…. 이런 마음을 부술 때, 재건축이 멋지게 이뤄질 수 있습니다.

미국 제너럴일렉트릭의 설립자인 토머스 에디슨은 일명 발명가로 알려져 있습니다. 수많은 발명품을 만들었으며, 특별히 음악과 영화 등 대중예술 발전에 크게 이바지했습니다. 저 역시 어렸을 때, 그의 전기를 읽으며 꿈을 키웠던 기억이 납니다. 물론 전혀 다른 길을 살고 있지만, 그의 삶과 열정은 어린 저에게 매우 흥미로웠고 닮고 싶었습니다.

그가 남긴 말 중에서 제일 유명한 것은 "천재는 1%의 영감과 99%의 노력으로 이루어진다."라고 하겠지만, 저는 이 말이 더 인상 깊습니다.

"나는 평생 단 하루도 일하지 않았다. 그것은 모두 재미있는 놀이였다."

오랫동안 특수 사목을 하다가 본당 사목을 맡으니 처음에는 정신이 없었습니다. 본당 일이 적지 않은데, 여기에 외부 강의 등까지 겹쳐서 너무 바빴기 때문입니다. 그렇게 두 달 넘게 살다 보니, 체중도 많이 줄고 피곤함이 계속 늘어만 갔습니다. 그러던 중, 앞서 제시했던 토머스 에디슨의 삶 전체가 모두 재미있는 놀이라는 말이 생각났습니다. 그리고 체중이 줄고 피곤했던 이유를 알 수 있었습니다. 지금 하는 모든 것을 '일'이라고 생각하고 있었던 것입니다.

일은 당연히 힘듭니다. 힘들기 때문에 일에 대한 보수를 받는 것이 아닙니까? 그러나 재미있는 놀이는 될 수 없을까요? 놀이를 통해 자기 삶에 활력을 가져오는 것처럼 지금 삶 전체는 충분히 재미있는 놀이가 될 수 있습니다.

마음을 바꾸니 지금 하는 일이 그리 힘들지 않았습니다. 오히려 더 적극적으로 지금을 살 수 있었습니다.

잠시 멈춰야 할 때

성당에서 나와 마트까지 걸어가는 길에는 몇 개의 신호등이 있습니다. 이 신호등 때문에 약간의 불편을 겪기도 합니다. 차가 전혀 없는데도 신호를 한참 기다려야 하기 때문입니다. 그런데 몇몇 사람이 그새를 참지 못하고 눈치 보며 건너가는 것입니다. 누가 하면 나도 해도 괜찮다는 생각이 들지 않습니까? 저 역시 급한 마음에 그분을 따라서 무단 횡단을 하려고 한 발을 내딛는 순간, 갑자기 커다란 경적이 울립니다. 진행 신호를 보고 멀리서부터 속도를 높여서 차 한 대가 달려온 것입니다. 진짜 위험했습니다. 몇 초 빨리 건너가려다가 정말 빨리 하느님 나라에 갈 뻔했습니다.

적색 신호등은 분명히 정지 신호입니다. 당연히 멈춰야 합니다. 이를 지키지 않으면 질서가 제대로 잡히지 않고 커다란 혼란이 다가옵니다. 문득 우리 삶도 그렇습니다. 즉 우리 삶 안에서도 잠시 멈춰야 할 때가 있습니다. 특히 옳지 못한 길일 때에는 멈춰야 합니다. 그러나 눈치 보면서 멈추지 않고 앞으로만 가려고 했던 때가 많습니다. 남들도 다 그렇게 한다면서 말이지요. 또 그 멈춤의 시간이 고통스럽다면서 그냥 앞으로만 가려고 하지 않았을까요?

적색 신호도 어느 순간에는 녹색 신호로 바뀝니다. 영원히 적색 신호만 있는 신호등이 없는 것처럼, 고통과 시련으로 멈출 수밖에 없는 그 순간도 영원하지 않습니다. 녹색 신호로 바뀌어서 다시 힘차게 나아가는 때가 분명히 옵니다. 그래서 기다릴 줄 아는 지혜가 필요합니다.

한 알코올 중독자에게 두 아들이 있었습니다. 그런데 이 두 아들이 자라서 나중에 첫째 아들은 대학교수가 되어 '금주운동'을 펼쳤고, 둘째 아들은 아버지처럼 알코올 중독자가 된 것입니다.

어느 날 한 기자가 첫째 아들에게 어떻게 금주운동을 하게 되었느냐고 묻자 그는 "아버지 때문입니다."라고 대답했습니다. 둘째 아들에게도 어떻게 알코올 중독자가 되었느냐고 물었습니다. 그러자 역시 똑같이 "아버지 때문입니다."라고 대답했습니다.

똑같은 상황이지만 어떤 마음을 가지고 있느냐에 따라, 좋은 모습으로 또 정반대로 나쁜 모습으로 나아갈 수가 있는 것입니다. 많은 이가 상황이 잘못되었다는 이유를 붙입니다. 그러나 가장 큰 잘못은 자기 마음을 제대로 관리하지 못했기 때문이 아닐까요?

　적색 신호의 마음만 보지 마십시오. 아직은 적색 신호라서 멈
춰있지만, 곧 앞으로 나아갈 수 있는 녹색 신호의 마음을 바라
보면서 희망의 삶을 가져야 합니다.

별것 아닌 것

어르신 중에서 요즘 깜빡깜빡한다며 자기 건망증을 걱정하시는 분이 많습니다. 나이가 드니 자연스러운 것이라고, 오히려 잊지 않으면 새로운 정보가 들어오지 못해서 일찍 치매에 걸릴 수 있다고 해도, 예전과 다른 자기 몸에 속상해하십니다. 그런데 이 사실을 아실까요? 건망증 때문에 어느 나무의 터전이 넓혀질 수 있다는 것을 말입니다.

그 건망증의 주인공은 바로 다람쥐입니다. 다람쥐는 도토리가 주식인데, 기회가 될 때마다 땅 이곳저곳에 묻습니다. 문제는 지독한 건망증이 있어서 어디에 묻었는지 잊어버린다는 것입니다. 어쩔 수 없이 다른 도토리를 찾아서 또 묻습니다. 그렇게 하다 보니 의도치 않게 참나무 종이 널리 퍼진다고 합니다.

사실 참나무종의 열매인 도토리는 바람에 날려 퍼지는 다른 식물들의 씨앗과 달리 아주 무겁습니다. 그 때문에 개체 수를 도저히 늘리기 힘든 조건이었는데, 다람쥐의 건망증이 그 문제를 해결해준 것입니다.

다람쥐의 건망증도 쓸모가 있을진대 하물며 인간의 건망증은 어떨까요? 스스로 불편하기는 하지만 쓸모가 아예 없다고 단정 지을 필요가 없습니다. 좋은 생각으로 지금을 감사하며 사는 것 이 중요합니다.

갑곶성지에 처음 소임을 받아 갔을 때, 큰 나무 찾기가 힘들었 습니다. 몇 그루의 큰 나무가 있기는 했지만, 그 숫자가 너무 적 어서 휑하다는 느낌을 받기에 충분했습니다. 그래서 고민이 많 았는데, 어느 신부님께서 작은 벚나무 15그루를 심으라면서 성 지에 놓고 가셨습니다. 15그루만으로 이 휑한 느낌이 사라질까 싶었습니다. 그래도 신부님께서 특별히 신경 써 보내주신 나무 이니 정성껏 심었습니다. 그로부터 10년 뒤, 다시 성지에 가게 되었는데 깜짝 놀랐습니다. 별것 아니라 생각하며 심었던 벚나 무가 우람하게 잘 자라있는 것입니다.

별것 아니라고 생각했던 것이 미래에 큰 결실을 볼 수 있습니 다. 해보기도 전에 별것 아니라고 여기며 주저하기보다는, 지금 당장 작은 씨앗 하나 심겠다는 마음이 필요합니다.

작은 습관 하나의 중요함을 깨닫습니다. 예전 어떤 과자 CM 송에 "손이 가요, 손이 가, ○○○에 손이 가"라는 구절이 있습 니다. 딱 하나 먹고 나면, 이를 멈추지 못한다는 것입니다. 스마트폰도 그렇지 않습니까? 예를 들어 메시지 확인을 위해 무의식적으로 스마트폰을 보면, 여기서 멈추지 않습니다. 뉴스도 보고, 인기 영상도 보고, SNS 등도 확인하면서 오랜 시간을 스마트폰 만지작거리는 데 시간을 쓰게 됩니다.

작은 악습도 멀리할 수 있는 용기와 지혜가 필요함을 깨닫습니다.

70%의 경험

책을 좋아하고 또 책을 통해 많은 것을 얻는 저에게 책은 너무나도 고마운 존재입니다. 그래서일까요? 무엇인가를 배워야 할 때, 저는 제일 먼저 책을 구매합니다. 얼마 전에는 '와인'에 대해 알고 싶다는 생각이 들었습니다. 제 주변에 와인에 대해 이야기하는 사람들이 많기 때문입니다. 그들이 와인을 말하는데, 제가 아는 와인이라고 하면, 미사주로 사용하는 '마주앙'밖에 없었습니다. 그래서 제가 평소에 하던 대로 제일 먼저 '책'을 사서 읽었습니다. 그렇다면 와인에 대한 저의 호감도는 어떻게 되었을까요? 올라갔을까요? 그렇지 않습니다. 책만 읽었을 뿐, 와인은 전혀 마시지 않았기 때문입니다.

책을 통해서, '70-20-10'의 법칙을 본 적이 있습니다. 어떤 것을 배울 때의 방법에 관한 이야기입니다. 가장 많은 70은 70%의 경험을 말하고, 20은 20%의 멘토나 동료의 가르침을, 마지막 10은 10%의 책이나 수업 등 책상에서 배우는 것이라고 하더군요. 따라서 가장 중요하고 확실한 방법은 무엇입니까?

70%의 경험이 제일 중요했습니다. 그리고 제가 많이 이용하는 독서나 공부는 겨우 10%에 불과했습니다. 따라서 와인에 대해 알고자 했다면 가장 먼저 와인을 마셔봐야 했습니다. 그러나 경험 없이 독서나 공부 등으로 얻게 된 추측만을 가장 중요한 판단으로 내세웁니다. 허영심으로 제대로 알 수 없게 됩니다. 허영심에 대한 이야기가 있습니다.

예술 테러리스트라는 호칭이 있는 영국의 화가 뱅크시를 들어보셨을 것입니다. 얼굴을 드러내지 않고 남들이 보지 않을 때 작품을 만들고 사라지곤 했습니다. 특히 예술의 권위에 대한 공격 그리고 예술품을 제대로 감상하지 않는 이들을 향한 대담한 퍼포먼스로 큰 인기를 얻었습니다.

2013년 그는 길거리에서 재미난 실험을 했습니다. 가판대를 세운 뒤 한 노인을 판매원으로 두고, 자신의 서명이 담긴 원작을 한 장에 60달러로 내놓은 것입니다. 이 작품들은 실제로 수만 달러에 팔릴 그림이었습니다. 이를 60달러라는 헐값에 내놓은 것이지요. 그렇다면 하루 종일 몇 장이나 팔렸을까요? 완판되었을까요? 그렇지 않았습니다. 그의 작품 중에서 겨우 8점만 팔렸습니다.

예술을 즐기는 관객의 허영심을 꼬집은 실험이었습니다. 잘 알지도 못하면서, 또 알려고도 노력하지 않으면서 돈으로만 그 가치를 사려고만 한다는 것이었지요. 예술에서만 그러겠냐는 의심이 생깁니다. 삶 안에서 이런 허영심은 대단합니다. 자기 경험 없이 얻으려는 그 모든 행동이 우리의 허영심입니다. 제대로 알 수 없게 됩니다.

자기 안에서 이루어지는 모든 가능성

　샤워하는데 갑자기 눈이 아픕니다. 눈썹이 눈에 들어간 것 같았습니다. 손으로 비벼서 눈썹을 빼려 했지만 잘 빠지지 않습니다. 그래서 욕실의 거울에 눈을 비추면서 눈썹 하나를 조심스럽게 뺄 수 있었습니다. 이 거울을 보면서 들었던 생각이 있습니다.

　거울 앞에 서면 제 얼굴이 보입니다. 이제 거울 앞으로 더 다가가서 거울에 얼굴을 딱 붙여보십시오. 더 가까이에, 아니 완전히 붙어 있는데도 자기 눈으로 자기 얼굴을 볼 수 없게 됩니다. 즉 거울을 통해 자기 얼굴을 제대로 보려면 거리를 두어야 합니다. 이처럼 자신을 제대로 보려면 일정한 거리가 필요합니다. 자기를 잘 안다고 말하지만, 자신을 모르는 사람이 많아 보입니다. 특히 자기에게 딱 붙어 바라보면 절대 알 수 없게 됩니다.

　저 역시 저를 잘 몰랐습니다. 어렸을 때, 말을 잘하지 못했기에 남들 앞에서 말할 일이 없을 것으로 예상했습니다. 그러나 지금은 항상 남들 앞에서 말해야 합니다. 또 한 가지는 학창 시절에 과제로 글짓기를 하곤 했지만, 단 한 번도 칭찬받은 적도 그리고 상을 받은 적도 없었습니다. 그래서 글쓰기 역시 저의 영역이 아니라고 말했습니다. 하지만 지금 제가 그래도 잘한다는 말을 듣는 것이 이 글쓰기입니다.

자기에 관한 판단도 함부로 할 것이 아니었습니다. 나를 제대로 바라보려면 거리를 둬야 했습니다. 남 보듯이 나를 바라봐야 객관적으로 나를 바라볼 수 있습니다. 자기 안에서 이루어지는 모든 가능성을 열어 놓아야 합니다.

사춘기인 자녀 때문에 힘들다는 부모가 많습니다. 그렇게 착했던 아이가 갑자기 반항적으로 변하고 툭하면 짜증만 낸다는 것입니다. 너무나 달라진 아이의 모습을 감당하기 힘들다고 합니다.

사춘기는 청소년들이 아동기를 벗어나면서 큰 변화를 겪는 시기라고 말합니다. 갑작스러운 호르몬 변화로 합리적 판단과 대인관계 능력, 실행 능력을 담당하는 전전두피질이 제대로 발휘하지 못하고, 감정을 담당하는 편도체만 날뛰는 상황이 되는 것입니다. 그래서 이런 표현도 합니다.

'술을 마시지 않아도 감성적으로 만취 상태.'

편도체의 안정화가 중요한 시기라고 합니다. 특히 부모의 폭력성이 그대로 전이되는 시기이기에, 따뜻한 말로 깊은 대화를 나누는 것이 필요합니다. 또한, 마음의 안정을 가져올 수 있는 신앙생활도 좋다고 전문가들은 말합니다. 문제는 이 시기에 부모와의 대화가 잘 이루어지지 않고, 신앙생활에도 부정적으로 변한다는 것입니다. 대신 비슷한 또래와만 어울리려고 합니다. 때로는 탈선해서 삐뚤어 나가는 것도 바로 이때입니다. 전문가들은 사춘기를 슬기롭게 극복하는 방법으로 이렇게 말합니다.

첫째, 참과 거짓을 나누기보다는 자신의 가치관과 적성에 맞는 일들인지 질문하여 스스로를 잘 알아가야 한다.

둘째, 본인이 생활해 왔던 일상의 패턴을 잃지 말고 유지해야 무기력함을 극복할 수 있다. 잘하는 것과 관심 있는 것들을 이끌고 나갈 자신이 있는지를 생각한다.

셋째, 지금 하기 싫고 아주 하찮은 것이라도 추후 중요한 일에 도움이 될 수 있으니 새로운 경험이나 배움을 게을리하지 않아야 한다.

모두 겪은 사춘기인데도 참 어려운 시기입니다. 그만큼 어른이 된다는 것은 쉽지 않습니다. 하지만 모르는 것을 차차 알아가면서 사춘기의 자녀도 진짜 어른이 됩니다. 안에서 이루어지는 모든 가능성을 열어 놓아야 합니다.

지금의 제가 있게 되었습니다

뉴스에서 우리나라 합계 출산율이 곧 0.6명대까지 떨어진다는 소식을 들었습니다. 이는 성당에 나오는 아이들 숫자만 봐도 쉽게 알 수 있습니다. 1990년대만 해도 웬만한 성당의 초등학생 숫자는 모두 100명 이상이었습니다. 큰 본당의 경우는 거의 1,000여 명의 아이들이 주일학교에 나왔습니다. 하지만 이제 아이 보기 힘들다면서 어린이 미사 자체가 없어지는 본당도 많아지는 것 같습니다.

전 세계 출산율 최하위인 우리나라, 그래서 많은 학자가 인구 소멸 국가 1호로 우리나라를 꼽는다고 합니다. 정부에서도 또 각 지자체에서도 많은 출산 장려 정책을 내놓지만, 그 효과는 거의 미미해 보입니다. 아이를 가짐으로 인해 생기는 희생을 떠올리면, 자기들뿐 아니라 결국 아이에게도 좋지 않을 것이라고 말합니다.

잘 아는 분이 자녀를 가져야 할지 말지 아내와 결정을 내리지 못했다고 합니다. 자녀 갖는 것이 갖지 않는 것보다 더 큰 가치가 있는지 모르겠다는 것입니다. 이런 대화를 하면서 자녀 갖는 일이 가치의 문제인지 의문이 들었습니다.

저는 6남매의 막내로 태어났습니다. 당시에는 이런 표어가 가득했습니다. '아들딸 구별 말고 둘만 낳아 잘 기르자.' '둘도 많다. 하나만 낳아 잘 기르자.' '덮어놓고 낳다 보면 거지꼴을 못 면한다.' 학교 선생님이셨던 아버지는 국가 정책에 반하는 여섯 번째 자녀를 낳아야 할지 고민하셨다고 합니다. 하지만 가치를 따지지 않고 낳았기에 지금의 제가 있게 되었습니다.

생명에 관한 부분 또 미래에 관한 부분은 우리 영역이 아닙니다. 분명히 불행할 것이라며 인간적인 판단을 내세우지만, 실제로 그렇게 되지 않는 경우가 더 많습니다.

어렸을 때, 담벼락에는 커다랗게 다음과 같은 글이 적혀있는 것을 자주 볼 수 있었습니다.

"낙서 금지."

워낙 종이나 펜이 귀했기 때문에 담벼락은 어린이들에게 좋은 종이고 그 위에 돌을 연필 삼아 낙서했습니다. 그런데 지금 생각해보면, '낙서 금지'라는 글이 가장 큰 낙서가 아닐까 싶습니다. 이런 경우가 생각보다 많지요. "떠들지 마!"라며 고래고래 소리를 지릅니다. 어쩌면 본인이 더 시끄럽지 않을까요? 또 이런 말도 있지요. "남자는 다 늑대야. 절대로 믿지 마."라면서, 자기만 믿으라고 남자 친구가 이야기한다고 합니다. 본인도 남자면서 말이지요.

우리는 이런 역설 사이에서 살아갑니다. 정답인 것처럼 보이지만 또 정답이 아닌 곳에서 사는 것입니다. '3+2=6'이라는 수식은 참일까요? 거짓일까요? 당연히 거짓입니다. 그렇다면 "'3+2=6'은 거짓이다."라는 문장은 참일까요? 거짓일까요? 이 경우는 참입니다. '거짓이다'라는 어구 하나가 들어가 '3+2=6'이라는 수식이 거짓인데도 참이 됩니다.

복잡하고 다양한 세상 안에서 또 많은 역설을 품은 세상 안에서 혼란을 느끼고 방향을 잡지 못하는 것이 당연할 듯싶습니다. 그래서 그 방향을 제대로 잡기 위한 기준이 필요합니다.

결과에 책임지는 선택

지금이야 식복사가 계셔서 직접 요리할 일이 없지만, 예전에는 먹고 살기 위해서는 직접 요리를 해야만 했습니다. 처음 요리를 했을 때, 나름대로 재미가 있었습니다. 요리책을 따라 했을 뿐인데도 맛이 훌륭했고, 또 남이 해주는 밥만 먹다가 스스로 하는 밥에서도 커다란 만족감을 느낄 수 있었기 때문입니다. 단지 식사 후의 설거지가 조금 귀찮기는 했지만, 이 역시 깔끔하게 정리 정돈한 뒤에는 기분이 좋아져서 괜찮았습니다.

한창 요리에 취미를 붙일 때, 어떤 분이 요리할 때 쓰라면서 미국제 채칼을 선물로 주셨습니다. 새로운 도구를 얼른 사용해보고 싶은 마음에 감자볶음을 만들기 위해 감자를 이 채칼로 썰었습니다. 그런데 생각지도 않은 사고가 생겼습니다. 저의 실수로 감자를 잡고 있던 엄지손가락이 이 채칼에 썰린 것입니다. 곧바로 헝겊으로 손을 움켜잡고 병원에 가서 치료를 받았습니다. 솔직히 이때까지 부엌은 재미와 만족감만을 주는 곳인 줄로만 알았습니다. 이 일을 겪으면서 부엌은 저를 다치게 하는 위험한 곳이 될 수도 있다는 사실을 깨달았습니다.

우리는 이 세상이 자기에게 좋은 것이나 편안한 것만을 주는 곳이기를 기대합니다. 하지만 반드시 그렇지는 않습니다. 때로는 좋은 것과 편안한 것이 자기에게 어려움과 힘듦을 줄 수도 있음을 잊지 말아야 합니다.

그렇다면 어떤 선택을 하며 살아야 할까요? 이제까지 참 많은 선택을 하며 살았습니다. 선택의 기로에서 늘 고민하고 힘들었지만, 그때의 선택이 있었기에 지금의 '나'가 있음을 깨닫습니다. 아울러 지금의 선택이 너무나 중요함을 깨닫습니다. 지금의 선택이 미래의 '나'를 만들 것이기 때문입니다.

프랑스 작가 빅토르 위고는 "약한 자에게 미래는 불가능입니다. 겁쟁이에게 미래는 미지의 세계입니다. 용기 있는 자에게 미래는 기회입니다."라고 말했습니다. 미래는 고정된 것이 아니라, 선택하는 사람에 따라 다르게 주어지는 선물 같은 시간이었습니다. 따라서 용기 있는 선택이 중요합니다. 어떤 결과가 나오더라도 자기가 책임질 수 있다면서 선택을 용기 있게 할 수 있어야 합니다.

이제까지 했던 저의 많은 선택 중, 하느님을 선택한 것이 가장 잘한 것 같습니다. 하느님을 선택했기에 예상치 못한 지금의

'나'를 만날 수 있게 되었고, 또 계속해서 지금보다 나은 모습을 찾을 수 있게 되었습니다.

편하고 쉬운 것만을 바라보는 선택, 주저하는 선택, 남만 따라 하는 선택, 후회하며 마지못해서 하는 선택 등은 모두 피해야 합니다. 용기 있게 선택할 때 기회라는 미래를 차지할 수 있습니다.

자기합리화

지인 한 분이 건강이 좋지 않아서 금연을 결심했습니다. 그리고 이번만큼은 금연에 성공하기 위해, 주변 사람에게 담배 끊었음을 열심히 알렸습니다. 하지만 몇 달 뒤에 어떤 모임에서 만났는데 여전히 담배를 피웁니다. 금연 사흘 만에 다시 피우게 되었다고 합니다. 금연으로 인한 금단 현상에 화가 너무 났고, 이런 화가 주변 사람들에게도 영향을 미쳐서 담배 피우는 것이 더 낫겠다고 판단했답니다. 그리고 이렇게 말씀하시더군요.

"스트레스가 담배보다 더 나쁘잖아요."

신자들과의 만남이 중요해서 자주 술을 마신다는 신부님이 기억납니다. 이렇게 술자리를 통해 자주 만나야 본당 일이 잘 돌아간다고 하시네요. 그러나 제가 보기에는 이 신부 본인이 술 먹고 싶어서 그렇게 말하는 것이 아닐까 싶습니다.

얼마 전, 치킨집에 갔습니다. 메뉴판 옆에 이런 말이 쓰여 있었습니다.

"닭은 살 안 쪄요."

기름에 튀긴 치킨을 먹고 어떻게 살이 안 찔 수 있을까요? 그런데 누가 이런 말을 합니다. 이 말에는 뒤 문장이 빠져 있다는 것입니다. 즉 '닭은 살 안 쪄요. 살은 내가 쪄요.'라고 말입니다.

인간은 합리적 존재가 아니라고 합니다. 대신 자신을 합리화하는 존재라고 하더군요. 자신을 합리화하는 과정 안에서 거짓으로 또는 잘못된 방향으로 가기도 합니다. 그런데 이렇게 합리화하면서 잘못된 방향으로 가야 할까요?

3장

함께하는 기적, 타인이라는 천국

감사하는 마음

캘리포니아주립대학교 교수이자 심리학자인 로버트 에몬스 Robert Emmons는 사람들을 세 그룹으로 나눠 10주 동안 매주 1 번씩 기록을 하게 했습니다. 첫 번째 그룹에는 감사한 일을, 두 번째 그룹에는 스트레스를 느끼게 했던 일을, 세 번째 그룹에는 일주일 동안 일어난 일을 그저 객관적으로 적게 했습니다.

연구 결과는 어떻게 되었을까요? 감사할 일을 적었던 첫 번째 그룹만 현실의 삶에 더 만족하고 미래를 낙관적으로 전망하게 되었습니다. 더불어 운동을 더 자주 하게 되었으며, 그 결과 건 강이 더 좋아졌다고 합니다.

이 연구 결과만을 보면 무조건 감사해야 할 것 같습니다. 감사 하기 어렵다고 느낄 때, 더욱 감사해야 할 때임을 깨닫습니다. 우울증 환자가 치료를 거부하고 약을 먹지 않으면, 상황이 더욱 더 안 좋아집니다. 마찬가지로 감사할 일이 없다며 자기 스트레 스만 바라보면, 분명히 더 안 좋아지고 맙니다.

사실 우리 뇌는 가상의 현실을 잘 구분하지 못합니다. 그래서 가상 현실을 체험할 수 있는 시설 안에서 VR 안경만 써도, 롤러 코스터를 타야 경험할 수 있는 짜릿한 긴장감이나 공포를 거의 비슷하게 느낄 수 있다는 것입니다. 이렇게 우리 뇌는 실제 경험과 상상을 제대로 구분하지 못합니다. 따라서 본인이 생각하던 바를 실제로 이룰 수 있습니다. 계속해서 감사의 마음을 가지면 실제로 감사하면서 얻는 만족감을 느끼게 될 것이고, 스트레스만 계속해서 나열하면 불만족 속에서 힘든 시간을 갖게 될 것입니다.

우연히 텔레비전에서 우리나라를 처음 방문하는 사람들이 우리나라 곳곳을 여행하는 프로그램을 보았습니다. 그런데 그 외국인들이 우리나라의 모습에 감탄합니다. 거리가 깨끗하다는 것, 화장실이 너무 청결하다는 것, 고속도로 휴게소가 쇼핑몰 같다는 것, 지하철이 너무 편리하다는 것, 음식이 맛있고 사람들의 인심도 너무 좋다는 것 등에 대한 칭찬이 이어졌습니다. 외국인들의 눈에는 놀라운 모습이지만, 대한민국에 사는 우리는 아주 당연하게 여길 뿐입니다.

많은 것을 갖고 있고 많은 것을 누리는 것에 얼마나 감사하며 살아왔는지를 반성하게 됩니다. 저는 건강에서만큼은 누구보다도 자신 있었습니다. 그런데 예기치 않았던 문제가 생겨서 수술

해야만 했습니다. 수술 후 병원에 입원해 있을 때 이런 생각이 들더군요.

'건강했을 때 얼마나 감사했는가?'

건강을 그냥 당연한 것으로 받아들였을 뿐, 건강 그 자체가 얼마나 큰 축복이었는지를 미처 몰랐던 것입니다.

결핍을 체험해야 감사하지 못했음을 반성하게 됩니다. 결핍을 체험하기 전에 이미 갖고 있거나 누리는 것에 감사할 수 있다면 어떨까요? 조금 더 힘차게 그리고 현재의 기쁨을 느끼며 살아갈 것입니다.

예쁜 장미꽃이 있습니다. 누구는 이렇게 아름다운 꽃을 볼 수 있게 해주신 데 감사하다고 기도합니다. 그리고 조심스럽게 바라보고 만져 봅니다. 그런데 누구는 예쁘다면서 장미를 만지려다 가시에 찔립니다. 곧바로 투덜거립니다.

"왜 장미에는 가시가 있는 거야?"

감사하는 것은 밥을 짓고 나서 뜸 들이는 시간과도 같습니다. 감사해야 행복도 찾아옵니다.

타인과 관계 맺기

성공하면 행복해질까요? 대부분 이렇게 생각합니다.

'꿈을 이룰 수만 있다면, 행복할 텐데⋯.' '목표를 달성하면 행복할 텐데⋯.' '로또 1등에 당첨되면 행복할 텐데⋯.' 반면 큰 실패를 겪으면 이렇게 생각합니다. '내 꿈은 이제 끝났어. 모든 걸 망쳤어. 목표에 이르지 못했으니 나는 불행해질 거야.'

하지만 성공해야 행복해진다는 것은 커다란 착각입니다. 실제로 거액의 복권에 당첨된 사람의 행복은 얼마 뒤에 다시 예전과 같아졌다는 결과만을 봐도 그렇습니다. 어려운 시험에 합격한 사람의 행복도 얼마 뒤에 다시 예전과 같아집니다. 그렇다면 성공과 행복은 관계가 없는 것일까요? 아닙니다. 성공이 우리를 행복으로 이끌어주지 않을 뿐, 대신 행복이 우리를 성공으로 이끌어줍니다.

행복 수준이 오르면 더 친절해지고 너그러워집니다. 또 긍정적인 마음으로 긍정적 효과를 주변 사람에게 전달합니다. 이런 사람이 좋을까요? 싫을까요? 당연히 좋습니다. 또 함께하고 싶을 것입니다. 감정이 전달된다는 말도 있듯이, 행복한 사람의 곁에는 그 사람의 행복이 전달되기에 행복한 사람이 많아질 수밖에 없습니다. 더 좋고, 더 건강하고, 더 윤리적인 세상을 함께 만들 수 있습니다.

문제는 많은 이가 성공만 바라본다는 점입니다. 행복을 바라보고 행복을 살아야 하는데, 성공만 바라보니 힘든 시간의 연속입니다. 스스로 물어보십시오.

"나는 과연 행복을 보는가? 아니면 성공만을 바라보는가?"

미국은 세계에서 가장 부유한 국가임에도 불구하고 국민이 가장 행복하지는 않습니다. 물질적으로 풍요로운 나라로 손꼽히는 일본, 싱가포르, 한국, 독일, 영국도 마찬가지로 행복하지 않습니다. 오히려 이스라엘, 콜롬비아 등을 비롯해 국제적으로 많은 문제를 안고 있으면서 어려움을 겪는 나라들이 의외로 행복지수에서 상위권을 차지하고 있습니다.

그 이유를 관계 때문이라고 합니다. 강력한 가족 유대감이나 지역사회의 연대감 등 서로 지지하고 연결하는 관계가 사회 분위기 안에 있습니다. 그리고 그 관계를 통해 행복감을 얻게 되었다고 학자들은 말합니다. 예를 들어, 덴마크인 중 93%는 사교 모임에 적극적으로 참여합니다. 그들은 지속해서 친구들과 교류하고, 다른 사람을 지지하고, 그들 자신도 다른 사람에게서 지지받을 수 있는 모임에 참여하고 있습니다. 이런 관계를 유지하면서 행복지수를 높일 수 있다고 합니다.

코로나 팬데믹으로 사회적 거리 두기를 3년 동안 열심히 지켰습니다. 그 결과는 어떻게 되었을까요? 개인주의가 훨씬 더 커졌고, 동시에 행복도는 크게 내려갔습니다. 함께 살 수밖에 없는 존재가 우리 인간입니다. 그래서 계속 관계를 맺으며 살아야 합니다. 관계를 끊는 데만 노력을 쏟는다면, 우리의 행복은 점점 더 멀어질 수밖에 없습니다.

비교의 어리석음

불행의 시작은 비교라고 말합니다. 다른 사람, 다른 물건, 다른 조건과 계속해서 비교할 때 그간의 행복은 비교라는 창문 사이로 바람처럼 빠져나갑니다. 그래서 비교를 줄이면 행복해집니다. 생각해보면 비교할 것도 아닌데, 비교하는 경우가 얼마나 많았습니까?

세상에서 가장 돈 많은 사람은 몇 명이나 될까요? 딱 한 명입니다. 그렇다면 세상의 최고 권력자는 몇 명일까요? 역시 딱 한 명입니다. 세상에서 가장 아름다운 사람은? 역시 딱 한 명입니다. 세상에서 가장 지혜로운 사람도 딱 한 명뿐입니다. 이들과 나를 비교하면 어떨까요?

어마어마한 최고와 비교하는 것 자체가 말이 안 된다는 사실을 금세 깨닫게 됩니다. 도저히 다가갈 수 없는 자리이기 때문입니다. 그래서 비교를 오히려 하지 않게 됩니다. 그냥 인정할 수밖에 없게 되지요. 이렇게 비교의 대상을 줄여 가는 방법이 필요합니다.

사실 비교할 때는 나 역시 그 가능성을 갖고 있다고 생각합니다. 부모 때문에, 가족 때문에, 환경 때문에, 운이 없어서, 기회가 없어서 같은 이유를 대면서, 이것만 아니라면 자기도 아주 잘 나가는 사람처럼 살 수 있을 것으로 생각합니다. 이렇게 지금의 '나'를 받아들이지 못하는 사람은 어떤 상황에서도 계속 비교하며 좌절 속에 빠질 수밖에 없습니다.

지금의 '나'를 인정할 수 있어야 합니다. 지금의 상태로도 충분히 행복할 수 있음을 받아들여야 합니다. 떠올려보면 행복의 이유는 너무나도 많습니다.

과거 세계에서 가장 행복지수가 높다는 '부탄'이라는 나라를 아실 것입니다. 그렇다면 지금의 부탄은 어떨까요? 여전히 행복지수가 상위권을 유지하고 있을까요? 아닙니다. 현재는 90위권, 100위권 밖으로 계속 밀려가고 있습니다(참고로 2024년 3월 기준으로 한국의 행복지수 순위는 143개국 중 52위입니다). 어떻게 된 일일까요? 처음의 조사가 잘못되어서 행복지수가 높은 것으로 발표된 것일까요?

외부 문명을 받아들이지 않고 살던 부탄은 어느 순간 갑작스럽게 외부 문명을 받아들이고, 수많은 정보를 공유하면서 다른 나라 사람이 어떻게 사는지 알게 되었습니다. 그러면서 '우리는 왜 이렇게 살지?' '우리나라는 왜 이렇게 못 살지?' 등의 말을 하며, 자신과 남을 비교하게 된 것입니다.

비교하면서 행복은 사라졌고, 가장 행복했던 국민이 가장 불행한 국민이 되고 말았습니다. 결국, 있는 그대로를 사랑하지 못하면서 자기 삶을 만족하지 못하는 사람은 불행해질 수밖에 없습니다.

행복해지고 싶다고 말합니다. 그렇다면 비교해서는 안 됩니다. 그리고 있는 그대로 자기 삶을 사랑할 수 있어야 합니다.

면역항체 만들기

하버드대학교의 데이비드 매클렐런드David McClelland 박사는 학생들을 모집해서 두 집단으로 나누어 영화를 보여주었습니다. 한 집단에는 제2차 세계대전 동안 아돌프 히틀러의 행적을 그린 영화를, 다른 집단에는 인도에서 가난하고 병든 사람들을 돌봤던 마더 테레사 성녀의 다큐멘터리 영화를 보여주었습니다. 그리고 영화를 보기 전과 후에 두 집단에 속한 학생들의 면역항체 수치를 측정했습니다.

히틀러에 관한 영화를 본 학생들보다 테레사 성녀의 영화를 본 학생들에게서 훨씬 더 많은 면역항체가 형성된 것이 확인되었습니다. 그 수치는 자그마치 50% 증가했고, 효과는 1시간이 지나도 계속해서 증가한 것입니다. 이렇게 선한 행동으로 유발된 감정은 면역력을 높여주는 신체적 변화를 일으킬 수 있으며, 선행을 간접적으로 접했을 때도 좋은 영향을 미친다는 것입니다. 이를 '마더 테레사 효과'라고 칭했습니다.

그렇다면 직접 선행을 실천한 사람은 어떠했을까요? 당연히 행복감을 높일 뿐 아니라 면역체계가 강화되었습니다. 그러면서 이런 실험도 합니다. 돈을 받고 남을 도와줘도 면역력이 높아지겠느냐는 것입니다. 실험에 참여한 대학생들을 두 집단으로 나누어 취약계층 아동에게 학습지도를 하게 했습니다. 한 집단에는 아이들을 위해 무료로 봉사하자고 했고, 다른 집단에는 돈을 지급했습니다. 그 결과는 무료로 봉사한 집단에서만 면역항체가 증가했습니다. 실제로 월급만 생각하며 참고 일하는 사람과 자기 일의 의미를 떠올리며 일하는 사람의 행복도는 다르다고 하지요.

면역항체가 생성되는 것이 좋을까요? 나쁜 일일까요? 당연히 몸에 좋은 것으로 우리를 행복으로 이끕니다. 많은 이가 영양제를 복용합니다. 몸에 좋다고 하면, 비싼 돈이 들어도 영양제를 구매해서 복용합니다. 이 영양제보다도 더 효과 좋은 영양제가 있었습니다. 그것도 공짜입니다. 바로 봉사나 희생을 통한 우리의 사랑 실천입니다. 해야 할까요? 하지 말아야 할까요?

아일랜드 리머릭대학교 크리번Ann-Marie Creaven 박사 연구팀이 봉사활동과 정신 건강의 관계를 살피기 위해 시행했던 설문조사가 생각납니다. 2만 7,301명을 대상으로 평소 봉사활동을 자주 하는지와 우울증을 겪는지를 물었습니다. 그 결과 봉사활동을 자주 하는 사람일수록 우울 증상이 적게 나타났다는 사실을 발견할 수 있었습니다.

자기 건강을 위해서라도 도움 주는 사랑 실천을 멈추지 말아야 합니다. 봉사활동은 곧 나를 위한 영양제와 같습니다. 여러 이유를 들어 영양제를 먹지 않는 어리석음을 행하지 말아야 합니다.

2010년 심리학자 줄리안 홀트 룬스태드Julianne Holt-Lunstad가 동료 학자들과 했던 조사 연구가 기억납니다. 암, 심혈관 질환, 신부전 같은 만성질환으로 사망한 사람의 비율과 이들의 사회적 네트워크를 종합 분석한 것입니다. 그 결과 힘이 되는 사회적 네트워크가 있으면 사망 위험성이 50%까지 감소한다는 결과를 발견했습니다. 이는 담배를 끊어서 얻는 효과와 비슷한 수준이었고, 체질량지수(BMI)를 건강하게 유지할 때 얻을 수 있는 것보다 더 큰 효과였습니다.

이렇게 이웃은 나를 지켜주는 지원 체계였습니다. 건강과 행복, 삶의 만족도에 가장 중요한 요소는 좋은 이웃으로 이루어진 양질의 사회적 관계인 것입니다. 따라서 함께하는 사람이 많을수록 이 세상 안에서 더 건강하게 살 수 있음을 알 수 있습니다. 물질적 도움 등의 유용한 지원을 받을 수 있기 때문이 아닙니다. 사랑하는 사람과의 관계를 맺을 때, 뇌의 신경화학 물질이

면역계의 효율적 기능을 촉진하기 때문에 건강할 수 있었던 것입니다.

제일 중요한 것이 무엇이냐고 물어보면, 대부분 건강을 이야기합니다. 그래서 바쁜 일상 가운데에서도 운동하고, 또 몸에 좋다는 각종 영양제를 복용하는 것입니다. 그러나 더 중요한 것은 앞서 이야기한 사회적 관계, 즉 내 옆에 있는 사람을 외면하지 않는 것이었습니다. 그 사람이 나의 영양제라고 생각하고, 그래서 더 함께할 수 있게 노력해야 합니다. 사랑하지 못하는 이유를 찾는 것이 아니라, 사랑할 수 있는 이유를 적극적으로 찾아야 합니다.

세계에서 가장 기부를 잘하는 나라는 어디일까요? 낯선 사람 도와주기, 금전적 기부, 자원봉사 시간 등을 종합적으로 평가한 세계기부지수(영국자선단체 자선자원 재단과 미국 여론조사 업체 갤럽이 매년 발표합니다) 순위에서 4년 연속 1위를 차지한 나라가 있습니다. 동남아에 있는 미얀마(2022년은 5위입니다)였습니다. 이 나라의 1인당 국민 총생산(GDP)은 우리나라의 30분의 1에 불과합니다.

그렇다면 훨씬 더 잘사는 우리나라의 순위는 어떻게 될까요? 조사 대상 119개국 중에서 88위였습니다. 코로나 이후 꼴찌 수준에 머물고 있습니다. 2022년 보고서에 나오는 상위 10개국 중 우리보다 못 산다고 평가받는 나라가 너무 많습니다. 1위 인도네시아, 2위 케냐, 6위 시에라리온, 8위 잠비아, 9위 우크라이나. 모두 1인당 GDP가 현저히 우리보다 낮은 나라입니다.

기부는 돈 많고 여유 있는 사람이 하는 것이 아님을 보여줍니다. 그보다 행복한 사람, 행복으로 나아가는 사람이 하는 것이었습니다. 과학자들은 '남을 위해 기부한 뒤에 심리적 포만감 상태가 며칠 또는 몇 주 동안 지속된다.'라는 사실을 발표했습니다. 이렇게 남을 위한 행동으로 엔도르핀 분비가 정상치의 3배까지 올라가며, 혈압이나 콜레스테롤 수치가 낮아지고, 옥시토신 호르몬 분비가 증가해서 불면증과 만성 통증 치료에도 효과가 있다고 합니다.

사랑의 관계 형성에 최선을 다하는 우리가 되어야 하지 않을까요?

이것은 사랑이 아니구나

예전에 어느 가정을 방문했던 적이 있습니다. 제가 워낙 책을 좋아해서인지 습관처럼 방문한 집의 책장을 주의 깊게 봅니다. 이 집의 책장에는 대부분 의학서적 그리고 건강에 관한 책이 가득했습니다. 의료 관련 일을 하는 사람이 가족 중에 있나 싶었습니다. 그래서 "자녀가 의료 관련 일을 합니까?"라고 물었습니다. 그러자 이렇게 대답하십니다.

"아뇨. 제 아내가 암 환자거든요. 그러다 보니 이런 책만 보게 됩니다."

아내의 건강을 생각하면서, 의료 관련 서적과 건강에 관한 책들을 계속 읽었던 것입니다. 사랑하기 때문에 아내의 병을 알려는 그 모습에서 큰 감명을 받을 수 있었습니다. 언젠가 이런 말을 들었던 적이 있습니다.

'사랑한다는 건 그에 대해 알고 싶다는 것이다.'

사랑하기 때문에 아내의 병을 더 알고 싶었던 것이고, 사랑하기 때문에 건강에 좋은 음식이나 운동 등을 알고 싶었던 것입니다. 만약 사랑하지 않는다면 어떠할까요? '왜 나 힘들게 아픈 거야?'라면서 짜증만 낼 것입니다. 아내의 고통을 알려고 하기보다는 피하려고 할 것입니다. 아내의 고통보다 자기 고통이 더 크다고 착각합니다. 문제는 아픈 아내에게만 있다고 생각할 것입니다.

엄마가 자녀를 위해 자녀가 좋아하는 음식을 열심히 만들고 있습니다. 왜 음식을 만들까요? 자녀를 사랑하기 때문일까요? 아니면 자녀에게 사랑받기 위한 것일까요? 남편이 아내에게 쉬라고 하면서 혼자 청소기를 돌려 청소하고, 밀린 설거지도 모두 깨끗하게 합니다. 이 행동은 아내를 사랑하기 때문일까요? 아니면 아내에게 사랑받기 위한 것일까요? 당연히 사랑하기 때문입니다.

사랑은 이런 것입니다. 즉 사랑받는 데 목적이 있지 않고, 사랑하는 것이 본래의 사랑이었습니다. 나의 사랑으로 상대방이 기뻐하는 것, 그것만으로도 충분합니다. 그런데 사랑받는 데 집중하는 순간, 집착하게 되면서 입으로는 '사랑'을 말해도 사랑 같지 않은 모습으로 변하게 됩니다. 내가 이렇게 사랑을 줬는데, 내게 사랑을 주지 않느냐면서 화를 내게 됩니다. 자기 기준으로 받는 사랑의 양을 평가하면, 상대방의 사랑은 늘 작게만 보일 것입니다. 타인의 모습에 실망하고 자기 기대에 못 미친다면서, 또 왜 노력하지 않냐면서 사랑과 정반대인 미움이 등장하게 됩니다.

사랑받고자 하는 마음이 들면, '이것은 사랑이 아니구나.'라는 생각을 할 수 있어야 합니다. 이는 나의 사랑이 아니라 나의 욕심일 뿐입니다. 사랑은 받는 데서 드러나는 것이 아니라, 주고자 하는 데서 환하게 그 모습을 드러냅니다. 어느 책에서 사랑에 대해 이렇게 말하고 있었습니다.

"'사랑해'는 행복 옆에 있지만, '사랑해 줘'는 행복에서 멀다."

누군가의 멋진 천사가 될 때

책을 읽다가 재미있는, 그러나 많은 생각을 하게 하는 글을 읽었습니다.

"지금 당장 '남'이라는 글자를 써보아라. '남'이라는 글자는 'ㅁ' 위에 '나'를 올려놓은 것이다. 그렇다. 남을 위해 살면 내가 더 돋보이고 내가 원하는 곳으로 올라갈 수 있는 것이다."

'나'만을 위해 사는 사람을 향해서 사람들은 좋은 소리를 하지 않습니다. 이기주의자, 위선자라는 말을 하면서 계속해서 깎아내립니다. 그에 반해 남을 위해 사는 사람에게는 존경과 사랑이 멈추지 않으면서 계속해서 위로만 올라갑니다. 결국 '남'을 위해 사는 것이 곧 '나'를 위해 사는 것이었습니다. 따라서 사람들에게 인정받고 존경과 사랑을 받고 싶다면, '나'만을 위한 삶이 아닌 '남'을 위한 삶을 살아야 합니다. 즉 남을 위해 내가 지금 할 수 있는 것을 생각해야 할 것입니다. 남보다 먼저 나를 바라보려는 마음이 생길 때, 'ㅁ' 위에 올려진 '나'를 떠올려보았으면 합니다.

분명히 사람이지만 천사의 영혼을 지닌 듯한 존재를 만날 때가 있습니다. 예전에 인기가 높았던 〈당신은 천사와 커피를 마셔본 적이 있습니까?〉라는 노래가 기억납니다. 이 노래에서는 사랑하는 사람을 천사라고 말합니다. 그런데 실제로 천사 같은 분이 너무 많음을 느낍니다.

어려움 속에서 이러지도 저러지도 못할 때 함께해주는 이, 나의 실수에도 '괜찮아.'라면서 용서해주는 이, 불안해하는 내게 '그랬구나, 힘들겠구나.'라며 동감해주고 내 편이 되어주는 이.

천사의 영혼을 지닌 듯한 존재가 너무 많았습니다. 그런데 그 천사의 영혼을 곧바로 알아보셨습니까? 아닙니다. 너무 당연한 것으로 생각할 때가 많았습니다. 그래서 천사와 함께해도 기뻐하지 못했고, 지금의 삶에 만족도 하지 못했던 것입니다. 가장 가까이에 있었던 수호천사는 바로 부모님이 아닐까 싶습니다.

사랑을 주며 나를 지켜주는 천사, 부족함에도 응원과 지지를 아끼지 않았던 천사, 그래서 힘차게 이 세상을 잘 살 수 있게 해주셨습니다. 또 다른 천사는 누가 있을까요? 부모님을 비롯한 많은 천사가 있습니다. 이는 나 역시 누군가의 천사가 되어야 한다는 것이 아닐까요?

누군가의 멋진 천사가 되어주고 있습니까?

칭찬과 비난

미국 워싱턴대학교 심리학과 존 고트먼John Gottman 교수는 부부의 대화를 지켜보면 그 부부가 5년 안에 불행하게 이혼할지, 아니면 행복한 부부생활을 유지할지 알아볼 수 있다고 합니다. 그리고 교수가 예측해서 말한 이혼 적중률은 놀랍게도 95% 이상이었습니다. 그 원리는 정말 간단합니다. 고트먼 교수는 700쌍 부부의 대화를 조사했습니다. 10년간 연구 끝에 고트먼 교수는 이혼율이 '칭찬과 비난의 비율'에 있다고 말합니다.

대화 중에 칭찬과 비난이 '5대 1' 정도인 부부는 10년 뒤에도 행복한 가정을 유지했지만, 비율 차이가 심한 부부들은 이혼하거나 불행한 생활을 한다는 것입니다. 따라서 사랑하는 사람과 행복한 부부생활을 지속하고 싶다면 배우자에게 자주 칭찬하는 것은 당연하지만, 무조건적인 칭찬만 하기보다는 사랑이 동반된 조언을 함께 해줘야 한다고 합니다.

그렇게 이루어지는 올바른 지도와 반성 그리고 지속해서 확인하는 서로의 사랑으로, 두 사람은 오래오래 행복할 수 있다는 연구 결과를 발표했습니다.

시대가 변하며 달라지는 것이 많지만, 부부간의 필수 덕목은 예나 지금이나 크게 변하지 않습니다. 존중과 존경 그리고 부부 사이의 칭찬은 예의이자 기본적인 도리입니다.

함께 대화를 나누다 보면 기분이 좋아지게 하는 사람이 있습니다. 어떤 사람일까요? 자기 말만 열심히 하는 사람? 자기 자랑만 늘어놓는 사람? 남에 대한 부정적 뒷담화를 즐기는 사람? 힘들다, 어렵다는 말만 반복적으로 하는 사람? 이런 사람과의 대화는 전혀 즐겁지 않습니다. 어떤 때는 이런 말을 듣는 것 자체로 죄책감이 들어 그 자리를 피하고 싶습니다.

기분을 좋게 해주는 사람의 말은 칭찬입니다. 사실 칭찬하면 상대방뿐 아니라, 칭찬의 말을 하는 나 역시 기분이 좋아집니다. 그러나 우리는 칭찬을 잘 하지 못합니다.

칭찬에 인색한 이유는 칭찬이 불필요하다고 생각하고, 칭찬이 아부 같은 사탕발림이라고 오해받을 것 같다는 조심성에서 나옵니다. 하지만 칭찬은 자신의 걱정과 달리 무조건 상대와 나를 기분 좋게 하는 커다란 감정입니다.

칭찬을 많이 한다고 해서 경제적으로 어려움을 겪지는 않습니다. 오히려 좋은 관계를 맺어 경제적 이득을 보기도 합니다.

그래서 칭찬해야 합니다. 칭찬해야 감사의 마음도 갖게 됩니다.

한 연구 결과에 따르면, 부부의 하루 평균 대화시간이 37분이라고 합니다. 사랑한다고 하면서 이렇게 대화보다 무관심으로 서로를 마주한다면 어떨까요? 사랑한다면 관심과 상대를 알려는 노력이 필요합니다.

남편은 아내에 대해 더 많이 알아야 합니다. 알면 알수록 이해할 수 있게 됩니다. 아내가 백화점 좋아하는 것을 머리로는 이해하지 못하는 남편이 있었습니다. 왜 새로운 물건 보는 것을 좋아하냐면서 비난하기도 합니다. 필요한 물건만 사고서 얼른 집에 가야지, 왜 이것저것 보면서 시간 낭비하냐고 말합니다. 하지만 보통 여자들은 백화점 가는 것을 좋아합니다. 자기 아내는 보통 여자가 아닐까요? 따라서 백화점에 함께 가기도 하고, 아내가 편하게 쇼핑할 수 있게 배려할 수 있어야 합니다.

어떤 남편은 가구에 전혀 관심이 없지만, 가구를 좋아하는 아내를 위해 자주 가구점에 들른다고 합니다. 그 일에는 돈과 시간이 많이 들었지만, 그 때문에 부부관계도 깊어졌다고 합니다. 어느 날 한 친구가 가구점에 자주 들른다며, "자네, 가구를 아주 좋아하나 봐."라고 말했습니다. 그러자 그는 이렇게 대답했지요.

"가구를 좋아하는 게 아니라 아내를 좋아해."

사랑한다면 상대방이 좋아하는 것을 함께할 수 있어야 하지 않을까요?

규칙

어느 사람이 숫자 3개를 불러주고 여기서 생각할 수 있는 규칙을 맞춰보라고 합니다. 그러고 나서 불러준 숫자는 2, 4, 6입니다. 이 숫자만으로는 맞추기가 힘드니 본인이 생각한 규칙에 맞게 숫자를 말하면, 규칙에 맞는지 틀리는지를 가르쳐 주겠다고 합니다. 이렇게 몇 개의 숫자 나열을 통해 규칙을 찾으라는 것입니다.

한 사람이 '4, 6, 8'을 말합니다. 진행자는 규칙에 맞다고 대답했습니다. 그러자 곧바로 '2씩 증가하는 짝수'라고 답합니다. 진행자는 틀린 규칙이라고 합니다. 다른 사람이 '3, 5, 7'을 말합니다. 이 역시 규칙에 맞다고 했습니다. 또 다른 사람이 '13, 15, 17'이라고 말했습니다. 역시 규칙에 맞다고 합니다. 이에 '2씩 증가하는 정수'라고 답합니다. 역시 아니라고 합니다.

또 다른 사람이 '-9, -7, -5'라고 하자 역시 규칙에 맞다는 것입니다. '1004, 1006, 1008'이라는 물음에도 역시 맞다고 합니다. '4, 8, 12'도 맞다고 합니다. '4, 12, 13'도 맞다고 합니다. 그러자 누가 '5, 4, 3'이라고 묻자, 이는 규칙에 맞지 않는다는 것입니다.

정답은 무엇일까요? '그냥 증가하는 숫자'였습니다. 아주 간단한 답이었지만, 너무 복잡하게 생각하다가 답을 맞추지 못한 것입니다. 그러나 몇 번의 실패 끝에 답을 찾게 됩니다.

이 세상을 살아가는 길도 복잡하지 않습니다. '사랑의 길'입니다. 그러나 너무 복잡하고 이상하게만 생각했던 것이 아닐까요? 예를 들면 이렇지요.

'내가 잘되는 것'은 규칙에 맞습니다. 그러나 '나만 잘되는 것'은 틀린 규칙입니다. '나의 바람이 이루어지는 것'은 규칙에 맞지만, '단번에 나의 바람이 이루어지는 것'은 틀렸습니다. '영원한 생명으로 나아가는 것'은 맞지만, '죽지 않는 것'은 틀린 것입니다. '이웃을 내 몸과 같이 사랑하는 것'은 맞지만, '이웃이 나를 사랑하는 것'은 틀렸습니다.

그 길을 가다 보면 잘못된 길로 들어설 수도 있습니다. 그러나 사랑의 시도를 계속해야 정답의 길로 갈 수 있었습니다. 사랑의 실천에 주저하거나 멈춰서는 안 됩니다.

'같으면'과 '같아도'

어느 작가가 자신의 책에 자기의 잘못된 습관을 적었습니다. 즉 '~ 같으면'이라는 말을 많이 사용했다고 고백했습니다. 이런 식이지요.

"나 같으면 저렇게 말하지 않을 텐데….""나 같으면 저런 식으로 행동하지 않을 텐데…."

그러면서 이 말의 끝은 "저 사람은 도대체 왜 그럴까?"라고 마무리되었다는 것입니다. 하지만 이렇게 말할 때도 있었다고 합니다.

"나 같아도 저렇게 말했을 거야.""나 같아도 저런 식으로 행동했을 거야." 그리고 이 말의 끝은 이렇게 마무리되었다고 합니다.

"저 사람도 나름 얼마나 힘들었을까?"

여러분은 '나 같으면'을 많이 썼나요? 아니면 '나 같아도'를 더 많이 쓰나요? 미움이 많을수록 '~ 같으면'을 많이 쓰고, 사랑이 많으면 '~ 같아도'를 자연스럽게 많이 쓰게 됩니다. 결국 인간관계에 어려움을 느끼는 이유는 '~ 같으면' 같은 이해하지 못하는 말, 공감하지 못한다는 말과 행동을 했기 때문입니다.

'LOVE'의 뜻이 무엇일까요? 어느 심리학자가 'LOVE'를 이렇게 풀이한 것을 보았습니다.

L: Listening(경청)

O: Openess(관대함)

V: Verbal Expression(말로 표현하기)

E: Effort(노력)

사랑한다는 것은 그 사람의 말 한마디 한마디에 진심으로 귀를 기울이는 일이고, 열린 마음으로 그 사람을 바라본다는 것입니다. 그리고 마음에 숨겨 두기만 하는 것이 아니라, 다정한 언어로 마음을 전하고 늘 서로 끝없이 노력해야만 가능한 것이 사랑입니다.

우리의 사랑은 어떠할까요? 혹시 이 뜻의 반대 모습으로 말하고 행동했던 것이 아닐까요? 나만 사랑받기를 원하고, 사랑을 주는 데는 너무나 인색했던 것이 아닐까요? 나를 통해 진짜 사랑을 세상에 던질 수 있어야 합니다.

하나 되기 위해서는

어느 종합병원에 자기 분야에서 최고라고 불릴 정도로 훌륭한 의사 선생님 3명이 있었습니다. 그런데 이 3명은 서로 사이가 좋지 않아서 얼굴도 보지 않고 말도 하지 않았습니다.

어느 날, 이 3명의 의사가 협력해서 수술해야 하는 중환자가 들어왔습니다. 하지만 평상시 안 좋은 관계가 이어져서 수술 중에 대화도 나누지 않고 얼굴도 보지 않았습니다. 그러면 이 중환자는 어떻게 되었을까요? 아무리 훌륭한 의사라도 불일치와 불화로 좋은 결과를 낼 수 없을 것입니다.

이탈리아 공산당 창설자인 그람시는 "교회를 무너뜨리기 위해서 지난 20세기 동안 큰 노력을 해왔지만 불가능했습니다. 결국, 우리 공산주의자들 역시 그 일에 실패하고 말았습니다."라고 말했습니다. 사실 그는 교회 내부에 분열을 일으키면 교회가 무너지리라 생각했습니다. 하지만 '하나 되게 하소서'라고 기도하셨던 예수님의 말씀을 기억하는 신앙인들 탓에 실패하고 만 것입니다.

지금도 일치하지 못하고 분열을 일으키려는 악의 세력은 분명히 있습니다. 이 세력을 어떻게 이겨낼 수 있을까요? 그리스도께서 우리와 하나이신 것처럼, 우리 역시 서로 하나가 되어야 합니다. 생각을 똑같이 하라는 것이 아닙니다. 사랑으로 상대방을 받아들이라는 것입니다. 나와 다른 것을 틀렸다고 단정 짓지 말고, 나를 지지해주지 않는다고 나쁜 사람 취급해서도 안 됩니다. 어떤 모습도 받아들이는 것이 '하나' 됨의 유일한 방법입니다. 그래서 장점을 바라볼 때는 돋보기를 보듯이 크게 보고, 단점을 바라볼 때는 망원경을 거꾸로 보듯이 작게 봐야 합니다.

인간은 보고 싶은 것만 봅니다. 정보를 선택적으로 받아들이면서 자기 생각이나 신념을 확인하려는 것입니다. 이를 '확증 편향'이라고 하는데, 자기 생각이나 신념과 일치하는 정보만 받아들이려는 심리를 말합니다. 이런 심리를 유튜브 같은 동영상 공유 플랫폼에서 이용합니다. 그래서 본인이 시청했던 콘텐츠와 유사한 내용의 영상을 자동으로 추천 콘텐츠로 뜨게 합니다. 이렇게 보다 보면 다른 사람 모두 아니 세상 사람 모두 자기 생각과 신념에 일치하는 것처럼 보입니다.

이렇게 보고 싶은 것만 보려 한다면, 보기 싫은 것은 당연히 보기 싫어집니다. 이 역시 확증 편향 심리에 따라, 보기 싫은 것을 봐도 쉽게 잊어버리게 되는 것입니다. 이렇게 인간은 선택적으로 기억하고, 선택적으로 망각합니다. 따라서 이런 불완전한 인간의 말과 행동을 무조건 맞다고 할 수 있을까요? 기억이 계속해서 왜곡되고 조작되는데 말이지요.

저 역시 그런 경험이 있습니다. 친한 초등학교 친구가 어렸을 때 우리 집에서 놀았던 일을 이야기해줍니다. 문제는 그 사실을 제가 전혀 기억하지 못한다는 것입니다. 하지만 이 친구의 설명이 너무 자세합니다. 맞습니다. 실제로 있었겠지만, 제가 단지 기억하지 못할 뿐입니다.

왜곡되고 조작될 수 있는 기억을 상대에게 강요해서는 안 됩니다. 이것이 겸손의 삶이고 지혜롭게 사는 비결입니다. 그래야 모든 사람과 함께하는 일치의 삶을 살 수 있습니다.

멸종 위기에서 벗어나려면?

현재 인간의 종은 '호모 사피엔스'로 알려져 있습니다. 그런데 생존 시기가 겹치는 다른 종도 있었음을 우리는 잘 압니다. 바로 '네안데르탈인'입니다. 이들은 신체적으로 '호모 사피엔스'보다 아주 우월한 것으로 알려졌습니다. 뇌 용량도 1.8리터로 1.4리터에 불과했던 '호모 사피엔스'보다 훨씬 컸습니다. 또한, 매머드나 고래 등을 사냥할 수 있을 정도로 몸집도 컸지요. 이런 외적 조건을 보면, 멸종해야 할 종은 '네안데르탈인'이 아니라 '호모 사피엔스'인 현 인류 종이 되어야 할 것 같습니다. 그렇다면 왜 멸종의 주인공이 바뀌었을까요?

'호모 사피엔스' 종이 남은 것은 '다정한 종'이기 때문이라는 가설이 유력합니다. '다정함'이 함께 살아갈 수 있게 했고, 모든 어려움과 시련을 다정함으로 함께 이겨낼 수 있었던 것입니다. 그에 반해 우월한 '네안데르탈인'은 함께하는 다정함이 없어서 멸종했다는 것입니다. 개개인으로는 뛰어나도 함께하지 못한다면 살아날 수 없음을 인류의 역사를 통해 알게 됩니다.

요즘의 사회를 보면, 현 인류 종인 '호모 사피엔스'의 고유 특징인 '다정함'이 점차 사라지는 것이 아닐까 싶습니다. 그러다 보니 할 수 있는 것보다 할 수 없는 것이 많다고 이야기하는 사람이 늘어갑니다. 함께하지 못하기 때문입니다.

함께하는 중요한 덕목이라 할 수 있는 '다정함'을 표현하는 것을 왜 어려워할까요? 사실 그렇게 어렵지 않습니다. 밝은 미소를 짓는 것, 긍정적이고 희망의 말을 전하는 것, 남에 대한 배려가 담긴 행동을 하는 것 등은 일상 안에서 어렵지 않게 할 수 있는 것들입니다. 우리 '호모 사피엔스' 종의 고유한 특성이 지금도 전해지기 때문입니다. 하지만 이를 힘들게 생각한다는 것은 무엇을 의미할까요? 인간의 고유 특성을 잃어가는 것입니다. 어쩌면 멸종의 위기를 겪게 되는 것이 아닐까요?

'함께'라는 약

　미국인에게 미국 역사상 가장 슬픈 날을 뽑으라고 하면, 2001년 9월 11일을 말합니다. 미국인뿐 아니라 전 세계인에게도 큰 충격을 가져다준 911테러가 있었던 날입니다. 3,000명 이상의 사망자를 내면서 큰 슬픔에 빠지게 했지요.

　이에 반해서 미국인이 기뻐하는 날도 있습니다. 1980년 2월 22일로, '빙판 위의 기적'이라고 불리는 사건입니다. 동계올림픽 기간에 미국 국가대표 아이스하키팀이 당시 강호인 소련팀을 이긴 사건이었습니다. 누구도 이길 수 없다고 생각했는데, 이겼기에 오랜 시간이 지난 후에도 감격스러운 장면으로 남아 있습니다.

　2001년 9월 11일과 1980년 2월 22일은 완전히 대비되는 가장 슬픈 날과 가장 기쁜 날입니다. 그런데 놀라운 조사 결과가 하나 나옵니다. 조사가 시작된 이래 자살한 인원이 제일 적은 날이 바로 이 두 날이라고 합니다. 가장 슬픈 날과 가장 기쁜 날에 사람들은 스스로 포기하지 않았습니다.

이 두 날의 공통점이 또 하나 있었습니다. 방송에서 'I'(나)라는 단어보다 'We'(우리)라는 말이 가장 많이 나온 날입니다. 이 기쁨과 고통이 나의 것이 아닌 우리의 것으로 받아들였을 때, 지금을 힘차게 살 수 있었습니다.

'함께'라는 약, 이 약을 늘 간직할 수 있어야 하지 않을까요?

아주 어렸을 때의 일이 기억납니다. 어머니께서 제 위의 누님에게 식사 후에 무엇인가를 먹이는 것을 보았습니다. 누나는 어머니의 강압에 의해 억지로 그것을 먹어야 했지요. 그런데 당시에 너무 배가 고파서 누나만 무엇인가를 주는 어머니가 미웠고, 누나가 부러웠습니다. 그래서 모두 자는 밤에 몰래 나와 그것을 훔쳐 먹었습니다. 달콤한 사탕이 아니었고, 생각보다 너무 썼습니다. 하지만 물을 마시며 억지로 몇 알을 삼켰습니다. 그리고 잠시 뒤에 정신을 잃고 말았습니다.

부엌 바닥에 쓰러진 저를 발견한 어머니는 옆집 친구분을 불러 저를 업고 병원 응급실로 갔습니다. 그곳에서 더 큰 병원에 가라는 말을 듣고 또 저를 둘러업고 더 큰 병원 응급실에 가서 저는 살 수 있었습니다.

어머니께서는 그때 제가 죽는 줄 알았다고 하셨습니다. 눈이 뒤집혀 있고 정신을 차리지 못했기 때문입니다. 그런데 친구분이 오셔서 정신없는 어머니를 뒤로하고 저를 업고 병원으로 간 것입니다. 병원에 가야 살 수 있다는 사실을 알았기 때문입니다. 제가 다시 깨어나는 데 저의 역할은 하나도 없었습니다. 아프니 병원에 가자고 한 것도 아니었고, 아프다고 말한 것도 아니었습니다. 어머니는 가장 믿었던 옆집 친구를 불렀고, 그 친구분은 병원을 믿었습니다.

그렇다면 내 곁에 있는 많은 사람을 두어야 합니다. 사람들을 내치는 삶을 살아서는 안 됩니다. 어떻게든 함께할 수 있는 우리가 되어야 합니다.

'지금'을 받아들여야 변화합니다

사랑하는 사람의 갑작스러운 죽음으로 힘들어하는 분이 계십니다. 고인이 계속 생각나면서 지금 함께하지 못함이 너무 슬프다고 말씀하십니다. 특히 세상에 홀로 버려졌다는 생각에 생활 자체가 점점 힘들다는 것입니다.

사실 인간은 혼자일 때 편안한 마음을 갖기 쉽습니다. 생각해 보십시오. 마음의 상처를 어떻게 받았을까요? 대부분 남을 통해 상처를 받습니다. 그래서 생生의 철학자라는 호칭을 받는 쇼펜하우어는 이렇게 말했습니다.

"인간은 원래 오직 자기 자신과 완전히 융화할 수 있다. 친구와도 애인과도 완전히 융화될 수는 없다. 개성이나 기분이 다르다는 사소한 차이 때문에 언제나 불협화음이 일어난다. 그 때문에 진정한 평화이자 완전한 내면의 평정, 즉 건강 다음으로 이 지상에서 가장 중요한 재화는 고독 속에서만 발견할 수 있으며, 철저한 은둔 상태에서만 지속적인 평정을 가질 수 있다."

함께하지 못함 자체가 불행하다고 생각하지만, 함께해도 불행하다고 말하는 게 사람입니다. 혼자라는 상태에서도 행복하다고 말하는 사람만이 함께일 때도 행복할 수 있습니다. 지금의 처지가 갑자기 180도 바뀔 수 있을까요? 그렇게 바뀌기만을 원하는 사람은 허황한 망상가라고 해도 무방합니다.

지금을 받아들이는 사람이 변화의 가능성이 있습니다. 혼자 있는 고독이 두렵다고 말할 것이 아니라, 지금을 행복의 길로 연결해주는 순간으로 받아들여야 합니다.

'왜'가 아니라, '어떻게'

한 여성이 병원에서 담당 의사에게 암 선고를 받았습니다. 암이라는 말에 깜짝 놀라서 곧바로 나온 말이 "왜요?"라는 물음이었다고 합니다. 가족력도 없었고, 평소 건강에 유의하면서 살았기 때문입니다. 그래서 다시 "왜 암이 제게 왔죠?"라고 물었습니다. 그러자 의사 선생님께서는 '왜'라는 질문에 답은 없다고 하십니다. 따라서 왜 암이 생겼는지를 따지기보다, 어떻게 암을 극복할지를 먼저 생각해야 한다고 말씀하십니다. '왜'라는 질문에 답이 없다면 더는 무의미한 질문일 뿐입니다. 더 중요한 것은 '어떻게' 지금의 위기를 이겨낼지를 묻는 것입니다.

우리는 자기 삶에 닥친 여러 문제를 '왜'라는 질문에 가둬 놓습니다. 해결점을 보기보다 원인만을 따지면서 어려운 상황에서 벗어나지 못합니다. 조금 더 미래를 바라보며, 특히 희망 안에서 지금 '어떻게' 해야 할지를 계속해서 따져 묻고 여기에 맞게 행동해야 합니다. 그래야 문제를 해결할 수 있습니다.

하느님께도 '왜'라는 질문으로 불평불만을 하는 사람이 많습니다. '열심히 살아왔는데 왜 이런 시련을 주십니까?' '왜 저에게만 아픔을 주십니까?' '왜 나만 이렇게 살아야 합니까?' 등. 하느님께서도 이런 우리를 향해 이렇게 말씀하실 것 같습니다.

"네가 말하는 '왜'라는 질문에 답은 없다. '어떻게' 지금을 변화시킬지를 물어보렴."

그렇다면 어떻게 살아야 할까요?

엠마누엘 닝거라는 화가가 있습니다. 그는 감옥에 가게 되었는데요. 그의 죄목은 '지폐 위조'였습니다. 닝거는 평소처럼 채소 가게에서 20달러짜리 위조지폐를 건넸는데, 마침 그날 점원의 손에는 물기가 묻어 있었고 점원의 손가락에 지폐 잉크가 번지며 그의 죄가 드러났습니다.

그는 뛰어난 솜씨로 완벽한 위조지폐를 그렸기에 출동한 경찰 중에서 '진짜 지폐'라고 장담하는 사람도 있었습니다. 그러나 그의 집을 조사한 결과 다락방에 다량의 위조지폐와 그가 그린 초상화 3점이 발견되면서 덜미가 잡혔던 것이죠.

이후에 그가 그린 초상화는 경매에서 1장당 5,000달러로 팔렸습니다. 아이러니하게도 20달러 지폐를 그리는 데 걸린 시간과 초상화를 그리는 데 걸린 시간은 같았다고 합니다.

그렇다면 무엇을 그리는 것이 더 이득이었을까요? 잘못된 곳에 뛰어난 재능을 사용하는 경우가 많습니다. 특히 하느님께서 주신 재능은 그렇게 사용해서는 안 되는 것입니다.

어렵고 힘든 이 세상을 어떻게 살아야 할까요? 더 좋은 세상을 만들기 위해 '어떻게' 해야 할지 떠올려보시길 바랍니다.

우리의 관심은?

갑작스럽게 세상을 떠나신 아버지께 대한 죄책감에 힘들다는 분을 만났습니다. 아버지께서는 자녀에 대한 사랑이 지극하셨는데, 그 사랑에 제대로 응답하지 못했다는 것입니다. 편찮으셨지만 이렇게 빨리 하느님 곁으로 가실지 몰랐다고 합니다. 아버지 모시고 바람이라도 쐬러 가야겠다고 생각했지만, 회사 일이 바빠서 또 주말에 쉬고 싶다는 생각에 마음만 있었지 실행에 옮기지 못했다며 후회했습니다.

이렇게 우리는 살면서 '편리'를 먼저 생각합니다. 그러나 후회하지 않으려면 '가치'를 선택해야 했습니다. 사실 부모는 늘 '가치'를 선택하셨던 것 같습니다. 그에 반해 자녀는 늘 '편리'를 선택합니다. '가치'는 많은 노력이 필요합니다. 그 노력의 결과는 그 순간에는 찾을 수 없는 만족과 기쁨을 가져다줍니다. 그에 반해 '편리'는 순간의 만족은 얻을 수 있지만, 조금의 시간이 지난 뒤 결정적 순간에 후회를 가져옵니다. 그렇다면 무엇을 추구해야 할까요?

이 가치에 무게를 둔 사랑을 봐야지, 세상 사람들이 중요하다고 생각하는 '편리'에만 익숙해져서는 안 됩니다.

제 책상 위에는 얇은 나무 막대기가 많습니다. 정확히 세어보지는 않았지만, 한 50개가 넘는 것 같습니다. 이것은 과연 무엇일까요? 회초리? 저 그렇게 폭력적이지 않습니다. 당연히 아닙니다. 젓가락? 이 역시 아닙니다. 환경보호를 위해서도 나무젓가락은 되도록 사용하지 말아야지요. 정답은 연필입니다.

한때 연필의 필기감이 좋아서 모든 글을 연필로 썼던 적이 있습니다. 그런데 생각보다 번거로웠습니다. 흑연이 번져서 글씨를 알아보기 힘들 때도 있었고, 특히 연필 깎는 수고가 힘들었습니다. 그래서 필기감도 좋고 글씨도 잘 번지지 않는(물론 물이 묻으면 심하게 번지는 단점이 있지만) 만년필을 사용합니다. 그러다 보니 현재 연필이 제 역할을 못 합니다. 그래서 현재 연필은 필기도구라기보다 그냥 얇은 나무 막대기가 되고 말았습니다. 연필의 의미가 사라진 것입니다.

의미를 간직하려면 관심을 두고 사용해야 합니다. 책을 사서 책장에만 꽂혀 있다면 어떨까요? 그냥 종이 뭉치일 뿐입니다. 목걸이, 귀걸이가 서랍 깊숙이만 있다면 그냥 쇳조각일 뿐입니다. 사람과의 관계도 '의미' 없는 만남일 때에는 이렇게 말하지 않습니까?

'시간 낭비야.'

자기의 관심이 의미를 만듭니다. 그렇다면 우리의 관심은 어디에 있습니까? 편리가 아니라 가치에 관심을 두어야 합니다.

버릇없음과 무례함

요즘 젊은 사람들이 버릇없고 무례하다는 말을 많이 합니다. 세대 차이로 도저히 이해할 수 없다고도 말합니다. 그런데 나이가 많다고 해서 예의가 넘치고 무례하지 않을까요?

우연히 뉴스를 보다가 어느 국회의원이 상대 당 국회의원을 향해 "왜 이렇게 예의가 없어?"라고 큰소리치는 장면이 나왔습니다. 어떤 상황이었는지 정확하게 알지는 못했지만, 국민을 대표한다는 국회의원들의 모습이 더 예의 없고 무례해 보였습니다. 그렇다면 이 국회의원이 젊은 사람이었을까요? 아닙니다. 분명히 손자 둘 셋은 있을 법한 나이였습니다.

버릇없음과 무례함은 나이와 상관이 없었습니다. 젊은 사람들은 버릇이 없다기보다, 예민한 것이 아닐까 싶었습니다. 어떤 자극에 예민한 반응을 보이는 것을 상대는 무례하다고 말하는 것입니다. 따라서 예의 없다며 다시는 상종해서는 안 될 사람이라며 외면할 것이 아니라, 단지 생각이 다를 뿐이라면서 받아들일 여유가 필요합니다.

자기 말이 옳다고 생각하는 것처럼, 상대의 말도 옳을 수 있음을 인정할 수 있어야 합니다. 무조건 틀렸다면서 예의 없고 무례하다고 말하기보다, 그런 이견이 있을 수 있음을 인정하면서 상대방을 존중해야 합니다.

어떤 분이 제게 눈물을 흘리면서 "하느님께서는 왜 제 기도를 들어주시지 않아요? 제가 한 달 동안 얼마나 열심히 기도했는데요."라고 합니다. 자기 상황만을 보고 하느님은 제대로 보지 않는 모습입니다. 자기가 보기에는 한 달이면 정말로 열심히 기도했다고 생각하겠지만, 하느님께서는 부족하다고 말씀하실 수도 있지 않을까요?

무엇인가를 적절한 대가나 노력 없이 거저 얻으려는 사람을 향해 우리는 '도둑놈 심보'를 가졌다고 말합니다. 시험공부를 전혀 하지 않으면서도 우수한 성적을 얻고자 하면 어떨까요? 근면 절약은 전혀 하지 않으면서 벼락부자가 되기를 바란다면 또 어떨까요? 그렇다면 100의 노력을 했는데, 결과는 20밖에 나오지 않는다면 당연히 불평불만을 가져야 할까요?

이곳저곳에서 강의를 많이 하고 있습니다. 특히 지금 있는 본당에서도 성경 특강을 하고 있습니다. 그렇다면 제가 준비한 만큼의 결과를 얻을까요? 아닙니다. 한 번의 강의를 위해 10시간

이상의 시간을 소비해야 합니다. 강의를 마치고 나면 그렇게 만족스럽지도 않고, 더 좋은 강의를 위해 더 많은 시간이 필요하다는 점만 매번 깨닫습니다.

자기가 원하는 결과만 나오길 바라는 모든 것이 '도둑놈 심보'입니다. 하느님께 최선을 다했다고 말합니다. 그러나 무한한 존재 앞에서 우리의 모든 말과 행동이 완벽할 수 없는 것은 너무나 당연합니다. 그런데도 우리는 늘 좋은 결과만을 바라는 '도둑놈 심보'를 가지고 있습니다.

사실 우리 노력만으로는 그 어떤 결과도 얻을 수 없습니다. 결국, 도둑놈 심보에서 벗어나 겸손함을 가지고 사는 우리가 되어야 합니다.

거짓된 나를 숨기지 않는 참된 겸손

딱히 무슨 특별한 문제가 있는 것도 아닌데 괜히 불안하고 우울한 기분이 들 때가 있지 않습니까? 분명 우울증과는 다릅니다. 그런데 이런 불안감과 우울감을 느끼는 사람이 생각보다 많습니다. 고통스러워할 만한 특별한 일을 체험한 것도 아닌데, 갑작스럽게 찾아오는 불안감과 우울감에 당황스럽게 됩니다. 왜 이런 감정이 생겨날까요?

영국 심리학자 멕 애럴Meg Arroll은 이를 '스몰 트라우마Tiny Traumas' 때문이라고 말합니다. 아주 사소한 것으로 생긴 마음의 상처가 쌓이고 쌓여서 이유 없는 우울감과 불안감을 만든다는 것입니다. 그렇다면 이 스몰 트라우마에서 벗어나는 방법이 있을까요?

멕 애럴은 우선 자신에게 영향을 미쳤음에도 그렇게 중요하다고는 생각하지 않는 경험을 계속해서 떠올려봐야 한다고 말합니다. 만약 떠올렸을 때 불안감을 느끼게 하는 무엇인가가 있다면, 그것이 바로 스몰 트라우마의 원인이라고 합니다. 그리고 이렇게 원인을 알면 누군가에게 털어놓아야 한다고 합니다. 자기 입 밖으로 나가면서 편안한 마음이 생기고 갑작스럽게 찾아오던 불안과 우울이 사라지게 된다는 것입니다.

여기서 문제가 생깁니다. 누군가에게 털어놓기가 쉽지 않다는 사실입니다. 별것도 아니라면서 나를 우습게 여길 것 같고, 자신의 이런 나약한 모습이 알려질 것 같은 또 다른 불안감도 생길 것 같습니다. 또 누군가에게 말해서 오히려 문제가 더 커졌던 적도 많았기 때문에 망설이게 됩니다.

사람은 다음 네 가지의 모습을 가지고 있다고 합니다.

① 나도 알고, 남들도 아는 나의 모습.
② 나는 알지만, 남들은 모르는 나의 모습.
③ 나는 모르지만, 남들은 아는 나의 모습.
④ 나도, 남들도 모르는 나의 모습.

대부분 첫 번째와 두 번째 모습에 집중합니다. 그래서 자기 자신에 대해 자기가 제일 잘 안다고 여기며, 그중에 어떤 모습은 다른 사람들이 제대로 알아주지 않는다며 불평합니다. 그러나 지혜로운 사람은 자기 안에 세 번째와 네 번째 모습도 있음을 인정합니다. 즉 자기도 모르는 새로운 나의 모습이 있고, 때로는 남들이 나에 대해 더 잘 알 수도 있음을 받아들입니다.

지혜로운 사람은 남들에게 거짓된 모습을 보이려 하기보다 자기 모습을 더 잘 알기 위해 노력합니다. 반대로 어리석은 사람은 다른 이가 바라보는 자기 모습에만 더 큰 관심을 두기에 늘 거짓과 위선 속에 머물 수밖에 없습니다.

거짓된 나를 숨기지 않는 참된 겸손이 필요합니다.

기본기가 중요합니다

서양의 고전음악 작곡가인 볼프강 아마데우스 모차르트는 자기에게 음악을 배우겠다고 찾아온 사람들에게 다음과 같이 질문했습니다.

"혹시 전에 어디선가 음악을 배운 적이 있습니까?"

이 질문에 배운 적이 있다고 하면 수업료를 2배로 청구했고, 배운 적이 없다면 오히려 수업료를 절반만 내라고 했습니다. 이렇게 차이가 나는 이유를 묻자, 그는 당연하다는 표정을 지으며 이렇게 대답했습니다.

"음악을 배웠다고 하는 사람의 경우에는 우선 그 찌꺼기를 털어내야 하는데 이것은 매우 힘든 일입니다. 그 사람이 가진 모든 것을 파괴하는 것이 새로 가르치는 것보다도 훨씬 더 힘들단 말이오."

깊이 공감할 수 있는 말입니다. 어렸을 때 탁구를 배웠는데, 처음에는 기본기를 익히는 데 많은 시간을 들입니다. 그런데 아무렇게나 배워서 기본기가 엉망인 사람은 자세를 다시 바꾸기가 참 어렵습니다. 실력이 향상되지 않습니다. 하지만 처음 탁구를 배울 때 기본기부터 먼저 탄탄하게 익힌 사람은 금세 실력이 향상됩니다.

성당 안에서도 그렇습니다. 성당 안에서 분열을 일으키는 사람은 주로 오랫동안 성당에 다녔던 열심한 분이십니다. 자기가 가진 고정관념에서 벗어나지 못하니, 자기 생각과 다른 점을 인정하지 못합니다. 그래서 다툼과 논쟁을 계속하면서 분열이 일어나게 하지요.

하느님 앞에 나아갈 때는 모든 것을 버려야 합니다. 자기 고정관념까지도 버릴 수 있을 때, 하느님의 말씀을 받아들이면서 이 세상을 살 수 있습니다.

이 세상을 잘 살아가기 위해, 필요한 기본기는 오로지 하나 '비움'이었습니다. 물질적인 것뿐만 아니라, 나의 욕심과 이기심을 모두 버려야 세상을 잘 살 수 있습니다.

존중받는 사람이 되십시오

카페에서 커피를 주문했습니다. 잠시 뒤, 저를 보며 직원이 "커피 나오셨습니다."라고 말합니다. 잘못된 표현입니다. "커피 나왔습니다."라고 해야 합니다. 사물에 높임말을 사용하는 것은 맞지 않기 때문입니다. "커피 나왔습니다."라고 말하면 왜 존댓말을 쓰지 않는다며 화내는 사람이 있다고 합니다. 그래서 잘못된 표현임을 알면서도 이상한 존댓말을 쓴다고 하더군요. '손님은 왕'이니까 손님이 원하는 표현을 쓴다는 것입니다.

마트에 가면 시식 코너가 있습니다. 이 코너의 직원이 제게 "한번 드셔 보세요."라고 말했습니다. 이 역시 과도한 높임말입니다. 서술어가 둘 이상 이어질 때는 맨 마지막 서술어만 높여야 하기 때문입니다. 따라서 '들어 보세요. 먹어 보세요.'가 맞습니다.

다른 이에게 존중받기를 원하는 우리입니다. 그러나 이렇게 국어에 맞지 않는 말을 들으면서까지 존중받아야만 해야 할까요? 어린이들은 때로 어른에게 반말로 말합니다. 아직 말을 잘 모르기 때문입니다. 이 사실을 알기에 어른은 화내지 않습니다. 어려서 잘 모른다는 것을 인정하기 때문입니다.

화내며 존중받기를 원하는 사람은 어쩌면 자존감이 낮은 사람일 것입니다. 낮은 자존감 때문에 상대방에게 무시당한다고 생각하기 때문입니다. 하지만 그럴수록 더 존중받지 못합니다. 앞에서는 존중하는 척하면서, 돌아서면 오히려 '진상, 꼰대'라는 말을 하지 않습니까?

겉으로만 존중받는 삶이 아닌 진정으로 존중받는 사람이 되어야 합니다. 이를 위해 더 겸손한 삶이 요구됩니다. 남이 알아주는 삶이 아닌 내가 알아주는 삶이 되어야 합니다. 물론 쉽지 않겠지요?

너희 집에 가서 살려고 한다

한 시어머니에게 두 며느리가 있었습니다. 시어머니는 큰며느리와 살았는데, 어느 날 작은 며느리가 찾아왔습니다. 큰며느리가 마침 외출했고 시어머니 혼자 찬밥을 들고 계셨습니다. 작은 며느리는 이 모습을 보고서 큰며느리가 시어머니를 홀대한다고 생각했습니다. 그래서 이렇게 말합니다.

"아니, 어머니! 어떻게 혼자서 찬밥을 드실 수 있어요? 제가 당장 더운밥 해드릴게요. 어쩌면 형님은 어머니께 이럴 수 있죠?"

이 말을 들은 시어머니가 조용히 방에 들어가더니 주섬주섬 옷 가방을 챙기는 것입니다. 작은 며느리가 "어머니, 어디 가세요?"라고 묻자 시어머니께서는 이렇게 대답하셨습니다.

"매번 따뜻한 밥 해주는 너희 집에 가서 살려고 그런다."

많은 이에게서 이 작은 며느리의 모습을 볼 때가 있습니다. 특히 다른 이를 쉽게 판단하며 이러쿵저러쿵 말하는 사람이 얼마나 많습니까? 입장을 바꿔 생각하는 지혜가 필요합니다.

나만 옳고, 나만 선택된 사람이고, 내가 하는 일은 남들이 다 이해해 줘야 하고, 남들은 내가 원하는 걸 다 만족시켜 줘야 할 의무가 있는 것처럼 생각하는 자기합리화에서 벗어나야 합니다.

예전에 갑곶성지에 살 때, 싫어했던 곤충이 있었습니다. 바로 지네입니다. 책을 읽거나 운동하다 보면 지네가 종종 눈에 띄었습니다. 자다가 엄청난 통증에 깜짝 놀라(지네에게 물렸습니다) 일어나 불을 켜고 보니 이불 속에 지네가 있었던 적도 있었습니다. 그래서 제 눈에 띄면 빠르게 처리하는 데 집중했습니다.

어느 날이었습니다. 이번에는 욕실에서 지네를 발견했습니다. 또 빠르게 처리하려는데 문득 이런 생각이 들었습니다.

'지네의 입장으로는 내가 얼마나 무서울까? 자기보다 엄청난 큰 존재에 끔찍함을 느끼고 있지 않을까?'

지네의 겉모습에 끔찍하다고 생각했지만, 실제로는 제가 더 힘도 세고 덩치도 더 크기에 지네가 보기엔 제가 훨씬 더 엄청나게 끔찍한 존재일 것입니다. 입장을 바꿔 보니 지네를 무조건 무섭고 끔찍한 존재로 생각했던 것이 아니었나 싶었습니다. 그래서 그 뒤에는 쓰레받기에 담아 집 밖 풀 속에 풀어 주었지요.

물론 여전히 좋아하지는 않습니다. 그래도 예전과는 달리 빠르게 처리하려 하지 않게 되었습니다. 사람도 마찬가지 아닐까요? 무섭고 끔찍한 사람, 거리를 두고 싶은 사람, 얼른 관계를 끊고 싶은 사람이 있을 것입니다. 그때 우리는 그 자체를 보고 계속해서 두려움과 끔찍함을 기억하기보다, 입장을 바꿔 생각하는 지혜가 필요합니다.

또 다른 가능성을 믿어야 합니다

고등학교 1학년 때의 친구가 기억납니다. 집이 가난해서 참고서 하나 사기 힘든 친구였습니다. 하지만 이 친구는 너무 열심히 공부했습니다. 친구들과 함께 놀고 싶기도 했을 텐데, 쉬는 시간에도 열심히 공부했습니다. 당시에는 그렇게 공부를 잘하지는 못했습니다. 그러나 시간이 지나면서 이 친구의 성적은 점점 올랐고, 결국 우리나라 최고의 대학에 당당히 합격했습니다. 그런데 다른 친구들이 이렇게 말합니다.

"1학년 때는 나보다 공부를 못했는데…."

출발점은 누구나 다 비슷합니다. 그러나 사고방식과 인식의 차이가 성적의 차이를 가져왔습니다. 저 역시 신학교에 들어가서 저만의 사고방식과 내 자리에 대한 인식이 생겨났습니다. 그러면서 변화될 수 있었습니다. 누구보다 책을 많이 읽고, 글도 꾸준히 쓰면서 저만의 세계를 구축할 수 있었습니다.

사고방식과 인식이 비슷한 출발점에서 시작했어도 전혀 다른 결과를 만들어 냅니다. 흔들리지 않는 사고방식과 인식을 유지하면 어떤 순간에서도 포기하지 않고 좌절의 늪에도 빠지지 않게 됩니다. 이런 말이 생각납니다.

"인생에서 가장 슬픈 것은 스스로 자기를 포기하는 것이고, 자기의 인생에 또 다른 가능성이 있다는 것을 믿지 않는 것이다."(완칭)

네덜란드의 흐로닝언대학교의 폰터스 린더Pontus Leander 교수는 다음과 같은 실험을 했습니다. 학생들에게 몹시 어려운 문제를 주고서, A그룹에는 이 문제를 풀기 전에 무관심한 표정을 짓는 사람의 사진을, B그룹에는 무언가를 열심히 하는 사람의 사진을 보여 주었습니다. 그리고 어려운 문제에 관한 결과는 어떠했는지를 살펴보았습니다. 어떤 그룹의 점수가 더 좋았을까요?

무관심한 모습이 담긴 사진을 본 그룹은 점수가 낮았고, 문제를 푸는 데 들인 시간도 매우 짧았습니다. 무관심한 모습의 사진처럼, 무성의하게 응한 것입니다. 그에 반해 열심히 하는 사람의 사진을 본 사람은 열심히 문제를 오랫동안 풀었고 점수도 훨씬 높았습니다.

사진을 보는 것만으로도 이렇게 의지가 바뀔 수 있다는 사실을 보여주는 실험이었습니다. 만약 내 주변에 무기력하고 아무것도 하지 않으려는 사람이 있다면, 나도 그 모습을 따를 가능성이 커진다는 것입니다. 하지만 내가 의지를 세워 열정적으로 행동한다면 어떨까요? 주변의 무기력함이 가득했지만, 나를 통해 그 무기력함에서 벗어날 수도 있습니다.

자기 자녀가 지금보다 더 열정적으로 살았으면 좋겠다고 말씀하시는 분을 자주 만납니다. 꿈이 없는 것 같다고, 도대체 아무것도 하지 않으려고 한다고, 보기만 하면 답답해서 미치겠다고 하십니다. 그렇다면 지금 자녀를 바라보는 부모가 해야 할 일은 무엇일까요? 앞선 실험에서도 알 수 있듯이, 누구보다도 자기가 먼저 열정적으로 사는 모습을 보여줘야 합니다. 열정적인 모습을 전혀 보이지 않으면서, 상대만 열정적으로 변하리라고 기대하는 것은 하나의 꿈에 불과합니다.

내가 만드는 천국

사납고 건장한 체구의 무사가 유명한 고승을 찾아갔습니다. 그리고 이렇게 소리쳤습니다.

"천당과 지옥이 뭔지 말해보시오."

고승은 이 무사를 경멸의 눈으로 바라보며 이렇게 말했습니다.

"왜 내가 너처럼 초라하고, 역겹고, 힘 빠진 멍청이의 질문에 대답해야 하느냐? 네 모습을 더는 참기 어려우니 내 눈앞에서 썩 사라져라. 나는 너의 얼빠진 질문에 대답할 시간이 없다."

이 무사는 화가 머리끝까지 치밀었습니다. 이제까지 이런 모욕을 당한 적이 없다는 생각이 들면서, 이 고승을 베어 버릴 작정으로 칼을 빼 들었습니다. 바로 그 순간, 고승은 무사의 눈을 바라보며 이렇게 말합니다.

"그것이 바로 지옥이다."

무사는 곧바로 멈췄습니다. 순식간에 분노의 손아귀에 사로

잡혔음을 떠올렸습니다. 이 분노가 누군가를 죽일 수도 있다는 사실을 깨달으며, 그는 눈물을 흘리며 고승에게 감사의 인사로 큰절을 올렸습니다. 그러자 고승은 부드럽게 미소를 지으며 말합니다.

"그것이 바로 천국이라네."

화가 나는 상황은 절대 천국이 될 수 없습니다. 그렇다면 이 상황은 누가 만드는 것일까요? 상대방 때문에 그렇다고 하지만, 사실 내가 화 나는 생각을 했던 것이고 다 내가 스스로 초래했다고 할 수 있습니다. 내가 지옥을 만들 수 있지만, 그러나 천국도 만들 수 있습니다.

제가 유일하게 다룰 수 있는 악기는 기타입니다. 지금도 강의 중에 분위기를 띄우려고 기타를 치면서 함께 성가를 부르곤 합니다. 이 기타는 모두 6개의 줄로 이루어졌습니다. 그리고 제대로 연주하려면 기타의 줄을 잘 맞춰야 합니다. 'E(미)-A(라)-D(레)-G(솔)-B(시)-E(미)'의 순서대로 음을 맞춰야 연주할 때 아름다운 소리를 낼 수 있습니다. 만약 음 맞추는 것이 귀찮다고 또 음을 잘 모르겠다면서 아무렇게나 줄을 맞추면 어떨까요?

음이 잘 맞지 않는 기타 또는 기타를 전혀 칠 줄 모르는 사람의 기타에서는 좋은 소리가 날 수 없습니다. 아름답고 조화로운 소리가 나는 것이 아니라, 불협화음으로 눈살을 찌푸리게 하는 소리만 날 것입니다. 그렇다면 '기타'가 잘못된 것일까요? 아닙니다. 기타를 잡고 기타 줄을 튕기는 사람 탓입니다.

어떤 것도, 어떤 사람도 잘못되지 않았습니다. 행동하지 않고 잘못된 생각만 하는 '나'의 잘못이 더 크지 않을까요? 천국과 지옥은 내가 만듭니다.

다르다는 데 초점을 맞추세요

한 10년 전에 해외로 특강 나갔던 적이 있습니다. 그곳의 한인교회 공동체의 초대로 특강을 했는데요. 특강을 마친 다음 날, 저를 초대해준 신부님과 신자들과 함께 점심 식사를 위해 도심의 레스토랑에 들어갔습니다. 날이 너무 좋아서 야외 테라스에서 햇빛을 받으며 식사하는데, 한 신자분이 이렇게 말씀하십니다.

"요즘 한국 관광객은 멀리서도 한눈에 알아볼 수 있습니다. 하나같이 등산복 차림이거든요. 무턱대고 유행만 따르는 잘못된 모습이라고 봅니다."

당시에 노스페이스라는 브랜드가 큰 유행을 주도했고, 그래서 가격이 만만치 않았음에도 젊은이나 어른이나 상관없이 이 옷을 사 입으려고 했습니다. 외국에서는 이런 모습을 이상하게 보았습니다. 다 똑같이 알록달록한 등산복을 입고 있으니까요. 물론 지나친 감이 없지 않아 보이겠지만, 보는 각도에 따라 이 역시도 개인의 취향이 아닐까요? 무조건 잘못이라고 하기엔 적절해 보이지 않습니다.

예전에 프랑스 루브르 박물관에서 〈모나리자〉를 봤던 기억이 납니다. 그곳에도 한국 사람이 참 많았는데, 작품 감상보다 유명한 그림 앞에서 사진 찍겠다는 마음이 더 커 보였습니다. 그러나 이것이 잘못된 것일까요? 그림 볼 줄도 모르는데, 굳이 세세하게 쳐다보기보다는 사진이라도 남기는 것이 더 의미 있어 보이지 않습니까?

나와 다른 생각을 하고 또 다른 행동을 한다고 해서 꼭 틀린 것은 아닙니다. 말 그대로 나와 다를 뿐입니다. 다르다는 데 초점을 맞추면 다양성 안에서 일치를 볼 수 있겠지만, 틀렸다고 단정하는 순간에 일치는 전혀 찾아볼 수 없게 됩니다.

'큰 바위에 걸려 넘어지는 사람은 없어도 작은 돌멩이에 넘어지는 사람은 많다'라는 속담이 있습니다. 크게 공감이 가는 속담입니다. 실제로 우리는 삶에서 작은 돌멩이 같은 일상의 소소한 일에 자주 넘어집니다.

고민으로 힘들어하는 사람이 있습니다. 자신의 고민이 너무 힘들어서 친한 친구에게 이야기했지요. 그랬더니 이렇게 말하는 것입니다.

"뭘 그런 걸 신경 쓰고 그래? 남들도 다 겪는 거야."

자신은 잠을 이루지 못할 정도로 하는 고민인데, 상대방은 별 것 아닌 것으로 생각할 때가 많지 않습니까? 우리의 고민은 대부분 크지 않습니다. 작은 일상의 고통과 시련이 잠 못 이루게 하는 고민이 됩니다.

큰 바위에 걸려 넘어지지 않는 것처럼, 큰 고민은 정작 나를 힘들게 하기보다는 어떻게 할 수 없으니 포기하거나 다른 방향을 곧바로 찾게 합니다. 하지만 작은 돌멩이처럼 보이는 작은 고민은 충분히 해결할 수 있을 것으로 보이지만, 막상 부닥치면 쉽게 해결되지 않을 때가 많습니다. 그래서 작은 고민에 쉽게 넘어지고 맙니다. 또 워낙 작기에 꼬리에 꼬리를 물곤 합니다. 계속해서 넘어지다 보니 정신은 피폐해지고 몸도 망가집니다.

작은 돌멩이에도 쉽게 넘어질 수밖에 없는 나약한 '나'임을 인정해야 합니다.

정상적인 삶을 살려면?

어느 부자가 지혜롭다며 많은 이의 존경과 사랑을 받는 현자를 찾아갔습니다. 그리고 자기 고민을 말했습니다.

"사람들은 제가 돈을 안 쓰면 자린고비라고 흉보고, 돈을 좀 쓰면 잘난 척한다고 흉을 봅니다. 도대체 돈을 어떻게 써야 할까요?"

현자는 한동안 침묵 속에 있다가 주먹 쥔 손을 보여 주며 말합니다.

"제가 만약 주먹을 쥐고 펴지 못하면 이 손은 어찌 될까요?"

그리고 이번에는 손을 쫙 편 뒤에 부자 앞에 내밀면서 또 물었습니다.

"이렇게 편 손을 주먹 쥐지 못한다면 이 손은 뭐가 되는 걸까요?"

"돈을 쓴다는 것도 마찬가지입니다. 돈을 꼭 써야 할 때 손바닥을 쫙 펴서 흔쾌히 쓰고, 돈을 아껴야 할 때는 주먹을 꼭 쥐어

철저하게 아껴야 불구가 되지 않습니다. 이런 분별력이 있어야 사람들도 함부로 입을 가볍게 놀리지 않을 것이고, 더러 입을 놀리는 사람이 있어도 자기 주관만 뚜렷하면 전혀 신경 쓸 것이 없습니다."

주먹을 쥐고만 있어도 또 손을 펴고만 있어도 안 됩니다. 이처럼 우리 삶도 아껴야 할 것은 아끼고 나눠야 할 때는 나눌 수 있는 분별력이 필요합니다. 돈만이 아닙니다. 나의 마음도 그렇고, 나의 능력과 재능도 그렇고, 그 밖의 여러 부분에서 이런 분별력이 필요합니다. 그런데 무조건 주먹 쥔 삶만 살았던 것이 아니었을까요? 나누지 않고 혼자만 간직하는 마음은 큰 잘못입니다. 정상적인 삶을 살 수 없습니다.

중학생 때, 저는 아주 이기적이었습니다. 제가 제일 중요했고, 다른 사람은 저의 이익을 위해 또 필요로 인해 함께할 뿐이라고 생각했습니다. 더군다나 공부에서는 친구들이 모두 경쟁자라고 생각했습니다. 시험을 보면 늘 등수가 매겨지니, 제가 최고 윗자리에 다른 친구는 모두 제 아랫자리에 있기를 바랐습니다. 한 번은 이런 일이 있었습니다.

옆 반 친구가 저를 찾아왔습니다. 수험 시간에 사용해야 할 참고서를 깜빡 잊고 가져오지 않았다면서 1시간만 빌려 달라고 했습니다. 빌려줄 수도 있었습니다. 저 역시 다음 시간에는 필요한 참고서였기 때문입니다. 그런데 이 친구도 경쟁자라는 생각이 들면서, "어~ 나도 안 가져왔는데?"라고 말하면서 빌려주지 않았습니다. 다음 시간에 문제가 생겼습니다. 참고서를 가져왔지만 꺼낼 수 없었습니다. 옆자리에 앉은 친구가 참고서를 가져오지 않았다는 제 말을 들었기 때문이지요. 저의 이기적인 마음을 드러내고 싶지 않아서 없는 척했습니다.

결국 참고서를 가져오지 않았다고 선생님께 혼났습니다. 수업에 꼭 필요한 준비물도 챙겨오지 못한 사람은 공부할 자격도 없다면서, 교실 뒤에서 1시간 동안 서 있으라고 하셨습니다. 가방에 참고서가 있음에도 저는 1시간 동안 교실 뒤에서 그냥 서 있을 수밖에 없었습니다.

욕심과 이기심은 정상적인 삶을 살지 못하게 합니다. 결코 자신을 행복하게 하지 못합니다. 자기뿐만 아니라 사랑을 받아야 할 대상에게도 큰 상처를 줍니다. 자기 손해를 감수하고서라도 남이 안 되길 바라는 마음처럼 어리석은 모습이 어디에 있을까요? 그런데 생각보다 어리석은 선택을 하는 사람이 너무도 많습니다. 정상적인 삶을 살아야 합니다.

손가락 지혜

'손가락 지혜'라는 말이 있습니다. 손가락으로 '저 사람은 나쁜 사람이야.'라고 말하면서 가리켜 보십시오. 손가락 하나는 그를 분명하게 향하지만, 손가락 3개는 자기를 향하고 있음을 발견할 수 있을 것입니다. 즉 상대방이 나쁘다고 말하는 순간, 자기는 3배 나쁜 사람이 되고 맙니다.

우리는 남에 관한 판단과 단죄를 멈추지 못합니다. 늘 나는 옳고 너는 틀렸다고 말하고 있습니다. 하지만 이런 판단을 하기에 앞서, 최소한 3번은 자기를 되돌아봐야 합니다. 손가락 하나만 상대방을 향하고, 3개의 손가락은 계속해서 나를 향하기 때문입니다.

공자는 '신독愼獨'이라는 표현을 썼습니다. 혼자 있을 때 삼가고 조심하라는 것입니다. 혼자 있을 때 스스로 절제하며 옳은 길을 걷는 사람은 함께 있을 때도 모범을 보입니다. 그러나 혼자 있는 모습에서 겸손하지 않고 함부로 막 한다면 남들 앞에서의 모습이 진짜가 아닐 확률이 높습니다. 보여주기 위한 삶만을 따르면서 그저 남만큼만 할 생각으로 살아갈 뿐입니다.

비교, 판단, 단죄의 삶이 아닌, 인정, 지지, 칭찬이라는 나의 멋진 삶을 만들어야 할 것입니다. 손가락 지혜를 잊지 말아야 합니다.

우리나라에서는 못생긴 사람을 호박에 빗대어 말하기도 하고, 또 메주에 빗대어서 말합니다. 다른 나라도 마찬가지일까 싶어서 찾아보니, 일본에서는 배꽃처럼 못생겼다고 말하고, 불가리아에서는 샐러드처럼 못생겼다고 말하더군요. 나라마다 못생김의 기준으로 삼는 사물이 다르다는 점을 알 수 있습니다. 그런데 그 사물의 입장에서는 억울할 것 같습니다. 자기 세계에서는 전혀 못생긴 것이 아니고 최고로 멋진 모습일 수도 있을 텐데, 인간의 입장으로 그렇게 함부로 규정되는 것이니까요.

보는 관점에 따라 잘생기고, 못생기고의 구분이 있을 뿐입니다. 그리고 그 구분이 그렇게 의미 있는 것도 아닙니다. 결코, 객관적이라 할 수 없기 때문입니다. 어느 책을 보니, 요즘에 거북목 증상을 보이는 사람이 많다고 합니다. 스마트폰과 컴퓨터 모니터를 많이 보면서 거북목이 되어간다는 것입니다. 그리고 이 상태로 계속 나가다가는 거북목이 사람의 표준이 될 수도 있다고 합니다. 인간은 계속 진화할 테니, 진화의 방향이 거북목으로 될 수도 있다는 것이죠. 앞으로 몇백 년 후, 거북목을 하는 사람이 정상이고, 거북목 없는 사람이 비정상으로 비칠 수도 있습니다. 미의 기준이 이제껏 계속해서 바뀌었던 것을 생각하면, 전혀 불가능한 이야기가 아닐 것입니다.

　우리가 갖는 지금의 판단이 결코 옳을 수 없음을 알 수 있습니다. 변화되는 세상 속에서 미의 기준도 바뀌는 것처럼, 지금은 맞는다고 해도 어느 순간 당연히 틀렸다고 말할 것입니다. 따라서 섣부른 판단보다 있는 그대로 인정하고 한 번 더 생각할 수 있는 지혜가 필요합니다. 손가락 지혜가 필요합니다.

그 너머의 진실 바라보기

제 친구 중에서 텔레비전을 통해 자주 보는 연예인이 있습니다. 방송에 비치는 이 친구의 이미지는 '독설가'입니다. 실제 제가 아는 친구의 모습과 너무도 다릅니다. 방송에서 함부로 말하는 것처럼 보이지만, 상당이 예의 바르고 신중합니다. 즉 방송과 실제는 아주 다릅니다.

영화에서 주로 악역을 맡는 배우가 있습니다. 사람들은 실제 성격도 그렇게 포악할 것으로 생각합니다. 그저 연기일 뿐인데도 사람들은 믿지 않습니다. 왜 그럴까요? 보고 들은 것만 믿으려 하기 때문입니다. 자신이 보고 들은 방송이나 영화의 이미지로 그냥 단정 짓는 것입니다.

이런 판단을 옳다고 할 수 있을까요? 인간의 나약함과 부족함을 이런 판단에서 다시 깨닫게 됩니다. 보고 들은 것이 전부라고 생각하지만, 그 너머에 있는 진실을 바라볼 수 있어야 합니다.

인도의 시인 라빈드라나트 타고르의 유명한 이야기가 전해집니다. 어느 날 타고르의 하인이 정해진 시간에 출근하지 않았습니다. 1시간이 지나면서 타고르의 속은 타들어 갔습니다. 2시간이 지나면서 타고르는 하인에게 어떤 벌을 줄지 온갖 궁리를 짜내기 시작했습니다. 3시간이 지나자 더는 하인에 대해 생각하지 않겠다고 다짐했습니다. 하인을 곧바로 해고하리라고 결정했지요.

점심때가 되어서야 하인이 모습을 나타냈고, 하인은 아무 일도 없다는 듯이 밥을 짓고 청소를 하는 것입니다. 타고르는 황당한 표정으로 그를 지켜보다가 당장 내 집에서 나가라고 고함을 쳤습니다. 이런 고함 속에서도 계속해서 빗자루로 청소하던 하인이 잠시 뒤에 나지막한 목소리로 이렇게 말했습니다.

"제 어린 딸이 어젯밤에 죽었습니다."

상대의 행동과 말을 보고서 무조건 잘못한 것으로 판단하는 경우가 있습니다. 그러나 그 말과 행동에도 이유가 있을 수 있었습니다. 물론 상대가 먼저 말해야 하지 않느냐고도 할 수 있지만, 타고르 하인의 경우처럼 너무 큰 슬픔에 말할 수 없는 상황도 될 수 있습니다.

"틀렸다."라고 말하는 내가 틀린 것입니다. 세상에 어떤 사람도 완벽하게 틀린 사람이 없다는 사실을 기억하며, 이해의 마음으로 내가 먼저 말하고 먼저 행동해야 했습니다. 저 역시 참으로 많은 잘못된 판단으로 상대에게 아픔과 상처를 주었음을 반성합니다.

'조폭 아줌마가 운영하는 시장'이라는 제목의 유튜브 영상을 우연히 본 적이 있습니다. 태국의 공익광고였는데, 그 내용은 다음과 같습니다. 조폭처럼 무서워 보이는 한 아주머니가 임대료를 받기 위해 시장에 갑니다. 시장에 들어서자마자 한 장사꾼에게 임대료를 내라고 호통치고, 고기를 파는 상인에게 가서는 정육점 저울을 빼앗아 바닥에 내동댕이칩니다. 이어서 누군가에게 손가락질하며 어떤 노점상의 물건을 전부 가져가라고 명령합니다. 분명 갑질하는 것처럼 보이는 모습이었습니다. 이 모습을 누군가가 영상에 담아 인터넷에 올렸고, 사흘도 되지 않아 이 영상을 조회한 수가 자그마치 100만 회를 넘겼습니다.

이 영상을 본 네티즌들은 어떤 댓글을 남겼을까요? 분노로 가득 찬 댓글이었고, 아주머니의 심보를 지적하면서, 이 시장에는 절대 장을 보러 가지 말자고 호소하는 댓글도 많았습니다. 하지만 시장 상인들이 나서서 아주머니에 대한 진실을 설명했습니다. 임대료를 내라고 호통친 상인은 이미 열 번이나 임대료를 연체했던 것을 봐주어 왔고, 정육점의 저울을 집어던진 것은 그들이 오랫동안 무게를 속여 팔았기 때문이며, 노점상의 물건을 가져가라고 한 것은 처지 딱한 상인이 노점을 계속 운영할 수 있게 자신이 직접 물건을 구매한 것이라고 설명했습니다.

사건의 표면만 보면 세상에서 제일 나쁜 사람처럼 보이지만, 실상은 가장 따뜻하고 잘 배려하며 누구보다 정의로운 사람이었습니다. 이 실상을 보지 못하는 사람은 계속해서 추측성 기사만 내보내며 한 사람을 세상에서 가장 못된 사람으로 만들고, 그래서 제일 나쁜 사람이 되고 맙니다. 지금의 우리 모습과 비슷하지 않습니까? 섣부르게 판단하고 단죄하면서 또 하나의 죄, 그것도 가장 크고 무거운 죄를 만드는 것입니다. 따라서 다른 견해를 가질 수는 있지만, 다른 이에게 돌을 던질 권리가 없음을 잊지 말아야 합니다.

잘못된 판단 벗어나기

미국의 심리학자 엘리자베스 로프터스Elizabeth F. Loftus는 재미있는 연구 결과를 발표했습니다. 두 그룹의 사람들에게 각각 차 사고를 연출한 장면을 보여주기 전에, "차가 부딪쳤다."라고 설명해주고 보여 준 그룹과 "차가 박살 났다."라고 설명하고 보여 준 그룹의 기억 차이를 비교한 것입니다.

그 결과 '차가 박살 났다.'라는 설명을 들은 사람들은 평균적으로 그 장면에서 '차의 유리 파편이 튄 모습이 있었다.'라고 기억하는 사례가 많았다고 합니다. 그러나 사실 보여 준 사고 장면에는 그런 모습이 없었습니다. '박살 났다.'라는 강한 표현의 단어를 들은 것만으로도 사고가 크게 났다는 느낌이 마음에 남았고, 그로 인해 그 장면에 대한 기억을 돌이킬 때 유리 파편이 날리는 모습까지 같이 떠올린 사람들이 있었던 것입니다.

이처럼 우리의 뇌는 거짓 기억 또는 잘못된 기억이 자리 잡을 수 있습니다. 그런데도 자기 기억만 정확하다고 주장하는 경우가 얼마나 많습니까? 기억이란 결코 바뀔 수 없는 명확한 기록은 아니었습니다.

나에게 상처를 주었다고 절대 용서할 수 없다고 말하는 사람을 자주 봅니다. 그러나 때로는 거짓 기억, 잘못된 기억으로 이런 마음을 갖는 경우도 너무 많다는 사실을 잊어서는 안 됩니다.

한때 어린이들에게 춤을 춰 보라고 하면, 한때 '개다리춤'만 췄습니다. 다리를 흔들면서 손뼉 치며 손을 번갈아 머리로 넘기는 춤입니다. 코미디언 배삼룡 씨가 처음으로 선보였던 춤이었는데, 최근까지도 아이들 사이에서는 인기 있는 춤입니다. 한번은 방송에서 한 연예인이 이 춤을 따라 했습니다. 사람들은 박장대소합니다. 겨우 이런 춤을 추냐는 비웃음도 보입니다. 저역시 그랬습니다. 그런데 한 동창 신부가 "이 춤 진짜 어려워. 너도 한 번 춰봐."라고 합니다. 그때 알았습니다. 저의 뻣뻣한 몸으로는 도저히 출 수 없는 어려운 춤임을 깨달았습니다.

미국의 한 대학에서 BTS의 〈작은 것들을 위한 시〉 뮤직비디오를 보여 준 뒤, 그중 딱 6초 동안의 안무를 보고서 춰 보라고 했습니다. 딱 6초입니다. 전혀 길지 않은 시간이었지만, 이 춤을 제대로 추는 학생은 하나도 없었다고 합니다.

우리는 지레짐작으로 '나는 잘할 것'이라고 생각합니다. 여러분의 운전 실력은 어떻습니까? 사람들에게 자기 운전 실력을 스스로 점수 매겨보라고 했습니다. 모두의 평균 점수는 몇 점이었을까요? 80점? 85점? 아니었습니다. 자그마치 93점이었습니다. 모두 90점 이상의 베스트 드라이버인데 왜 교통사고가 끊이지 않을까요? 미국 코미디언 조지 칼린George Dennis Carlin이 했던 말이 있습니다.

"나보다 느리게 운전하는 사람은 똥멍청이고, 나보다 빠르게 운전하는 사람은 또라이다."

자신은 잘한다는 착각. 이 착각으로 얼마나 남을 판단하고 단죄했을까요? 훨씬 부족함이 많은 나인데도 말이지요.

자기는 옳고 남은 틀렸다는 생각, 자기는 잘하고 남은 못 한다는 교만의 생각을 버려야 합니다.

남을 판단하지 마라

A와 B 두 사람이 있습니다. 차례로 동전을 던져서 두 사람 모두 앞면 또는 뒷면처럼 같은 면이 나오면 둘은 100만 원씩을 받습니다. 하지만 서로 다른 면이 나오면 두 사람은 단 한 푼도 받지 못합니다. 이제 A가 먼저 동전을 던졌습니다. 앞면이 나왔습니다. 이제 B가 동전을 던질 차례입니다. 지금의 경우 앞면이면 100만 원을 받고, 뒷면이면 한 푼도 받지 못합니다. 드디어 B가 동전을 던졌습니다. A, B 모두 "제발 앞면"을 외쳤습니다. 하지만 결과는 뒷면이 나왔습니다.

이런 상황에서 비난받아야 할 사람은 누구일까요? 그리고 누가 죄책감을 더 느끼게 될까요? 거의 모두가 B가 잘못했다고 지적하고, 죄책감도 더 느낄 것으로 생각합니다. 그 수치가 자그마치 92%입니다. 심지어 A로부터도 "앞면을 던졌어야지."라는 비난을 들어야 했습니다. 그런데 A가 비난하는 것은 말도 안 됩니다. 자신이 처음에 뒷면을 던졌더라면 100만 원을 획득

할 수 있었기 때문입니다. 자기에게도 50%의 잘못이 있음을 잊은 것입니다.

우리는 남 탓을 먼저 하곤 합니다. 그러나 남 탓하기 전에 자기 탓은 어떤지 생각해 볼 필요가 있습니다.

타인의 판단을 따르지 마세요

1970년 휴스턴대학교는 의과대학에 지원한 학생 중에서 먼저 필기시험을 쳐서 우수한 학생을 가려냈습니다. 그리고 필기시험 합격자 중에서 면접을 통해 최종 합격자를 선정했지요. 면접관들은 학업을 잘 수행하고 나중에 더 좋은 의사가 되리라 예상되는 학생들을 뽑았다고 자부했습니다. 그런데 행정착오가 있었습니다. 더 많은 인원이 배정되었는데, 그보다 적은 인원을 뽑았던 것이지요. 그래서 면접에서 떨어뜨린 지원자 중 많은 학생을 합격시켜야 했습니다.

면접에서 떨어졌던 학생들은 나중에 실력이 부족한 의사가 되었을까요? 그렇지 않았습니다. 대학 생활에서 성적의 차이는 거의 없었고, 오히려 떨어졌던 학생 중에서 능력이 특출한 의사가 많이 배출되었습니다. 면접관의 판단이 잘못된 것일까요? 그보다는 면접에 합격한 학생들은 면접에만 더 우수한 능력을 갖추었을 뿐이었습니다.

아무리 전문가라고 해도 무조건 정답은 아닐 수 있음을 우리는 잘 압니다. 코로나 팬데믹 초기에 얼마나 많은 전문가의 의견이 쏟아졌습니까? 100% 맞는 것인 줄 알았습니다. 그러나 그 의견이 모두 정답은 아니었습니다. 하긴 전문가들의 판단에 대한 진실 여부를 계산한 통계가 생각납니다. 겨우 54% 맞았을 뿐이라고 하더군요.

사람의 판단은 하느님이 아닌 이상 100% 맞을 수 없음이 분명합니다. 따라서 사람의 판단에 무조건 의지해서는 안 됩니다. 만약 불완전한 사람의 판단에 대해서 굳은 믿음을 보이면, 제대로 살기가 힘들어집니다. 이런 이야기가 생각납니다.

2014년 영국의 '아놀드 스트롱맨 클래식'에서 지구에서 가장 무거운 물체를 들어 올린 사람이 나왔습니다. 그의 이름은 지드루나스 사비카스로 약 524kg의 바벨을 들어 올린 것입니다. 50kg이 넘는 여성 10명을 들어 올린 셈입니다. 그런데 얼마 뒤에 믿지 못할 일이 생겼습니다. 교통사고로 자동차 아래 깔린 아이를 마침 그 자리를 지나가던 경찰이 자동차를 들어 올려 아이를 구한 것입니다. 이 차의 무게는 어떻게 될까요? 자그마치 1,300kg이었습니다. 평소 같으면 불가능한 일이지만, 생명을 구해야 한다는 생각에 초인적 힘이 나온 것입니다.

아마 이와 비슷한 이야기를 많이 들었을 것입니다. 이런 이야기를 들을 때마다, 정신의 힘이 얼마나 대단한지 깨닫게 됩니다. 근육의 양보다 더 큰 힘을 발휘하는 것은 정신의 힘이었습니다. 과학적으로도 증명하기 힘든 아주 이해하기 어려운 부분이지만, 실제로 정신의 힘이 대단한 것은 분명합니다.

어떤 판단을 따라야 할까요?

개소리에 대하여

예전에 방송 프로그램을 통해 알게 된 책이 있습니다. 책 제목이 아주 재미있습니다. 『개소리에 대하여』(해리 G. 프랭크퍼트, 이윤 옮김, 필로소픽, 2023).

이 책에서 개소리를 영양가 없이 무작정 내뱉은 어른들의 말이라고 정의합니다. 그러면서 이런 개소리가 어떤 거짓말보다 더 위험하다고 주장합니다. 이런 말입니다.

"이게 다 널 위해서 하는 말이야."

"너는 아직 어려서 잘 몰라."

"내가 이렇게 된 건 다 당신들 탓이라는 거 인정하지?"

나이가 들면 들수록 자기 욕망을 솔직하면서도 품위 있게 말해야 한다고 하지요. 그러나 그 반대가 될 때가 참 많습니다. 자기 욕망을 꼭꼭 숨기려고만 합니다. 그럴싸한 말을 하지만, 자기를 드러내려는 말뿐입니다.

결국 위와 같은 개소리를 하게 되는 것입니다. 이런 개소리를 통해 자신이 얻는 것은 무엇일까요? 오히려 사람과 관계가 자연스럽게 끊어지고 맙니다. 서로에게 상처가 되는 말이기 때문입니다.

예수님께서는 겸손을 늘 강조하셨습니다. 맨 앞자리가 아닌 맨 끝자리를, 섬김을 받는 것이 아닌 섬기는 삶을 살라고 하셨습니다. 그래야 '개소리'보다 진정한 사랑이 담긴 말을 할 수 있습니다.

병원 호스피스 병동에서 봉사하던 분의 체험 수기를 읽었습니다. 이분은 이 병동을 방문하면서 죽음을 앞둔 환자를 위해 봉사 활동을 열심히 하셨습니다. 그런데 한 분이 곧 운명하실 것만 같았습니다. 이분은 주님 믿기를 계속 거부하셨던 분이라 특별히 신앙적인 이야기를 나눈 적은 없지만, 마지막 순간에 꼭 주님을 알았으면 좋겠다는 마음으로 이렇게 말씀을 드렸습니다.

"이제 얼마 사시지 못할 거예요. 그러나 겁내지 마세요. 자매님 생명을 예수님께 드리면 영원히 살게 될 겁니다."

병원 침대에 누워서 힘든 시간을 보내고 계셨던 이 자매님께서는 숨을 헐떡이며 이렇게 말씀하셨다고 합니다.

"예수님이라는 분이 당신 같은 사람이면 빨리 만나 뵙고 싶어요."

'나'를 통해 무엇을 세상에 드러내고 있었을까요? 아픔과 상처를 드러내는 개소리가 아닌, 기쁨과 평화를 드러내는 '나'가 되어야 하지 않을까요?

마음의 여유가 필요합니다

한 어머니가 어린이집 선생님께 전화를 받았습니다. 아이가 좀 이상하다면서 걱정스러운 마음에 전화하신 것입니다. 아이가 사람들과 눈을 마주치지 않는다는 충격적인 말을 듣습니다. 덜컹 겁이 났습니다. 눈을 마주치지 않는 모습은 자폐 아동의 특징 중 하나라고 들었기 때문입니다. 그날 이후 아이를 유심히 관찰하게 되었습니다. 정말로 그러했습니다. 말할 때도, 장난감을 가지고 놀 때도 사람과 눈을 마주치지 않는 것입니다. 하지만 병원에서는 의사소통에 전혀 어려움이 없는 모습을 보면 자폐라고 단정 지을 수 없다고 대답해 주었습니다.

며칠 뒤, 그 이유를 찾을 수 있었습니다. 남편에게 아이와 대화할 때 눈을 마주치지 않는다는 말을 듣게 된 것입니다. 솔직히 양육에 너무 힘들었습니다. 아이가 엉망진창으로 만들어 놓은 것을 정리하느라 잠시도 쉴 수 없었고, 여기에 두 살 터울의 둘째까지 생기면서 아이와 눈을 마주치며 소통할 여유가 전혀 없었기 때문입니다.

남편의 말처럼 눈을 마주치지 않는 자기 모습을 깨닫고 아무리 바빠도 아이와 시선을 맞추고 대화하려고 노력했습니다. 그리고 얼마 뒤에 눈 맞춤이 자연스러워진 아이를 볼 수 있었습니다.

마음에 여유가 없으면 눈 맞춤이 불가능해집니다. 이것도 봐야 하고, 저것도 봐야 하기 때문입니다. 그런데 내가 눈을 마주치지 않으면 상대도 내 눈과 마주치지 않는다는 것을 기억해야 합니다. 이런 상황에서는 진정한 소통이 있을 수 없습니다. 스마트폰을 보느라 시선을 마주치지 않는 사람이 참 많습니다. 그러면서 상대에게 자기를 몰라 준다고 말할 수 있을까요?

스승이 제자에게 다음과 같은 과제를 내주었습니다.

"여기 바위가 하나 있다. 이 탑은 꼭대기까지 100개의 계단으로 이루어져 있다. 너는 이 바위를 탑 꼭대기까지 날라야 한다."

제자는 바위를 끌어안고 힘겹게 탑 입구까지 가져갔습니다. 그런데 탑으로 올라가는 문이 너무 좁고, 그에 비해 바위는 너무 큰 것입니다. 아무리 바위를 이리저리 돌려 보아도 문을 통과시킬 방법은 하나도 없는 것 같았습니다. 그래서 스승님을 부르며 말했습니다.

"스승님, 제게 불가능한 과제를 주셨습니다."

이 말에 스승은 망치를 가져오더니 바위를 깨는 것입니다. 그리고 손쉽게 문을 통과시킬 수 있었습니다. 스승은 이렇게 말씀하셨습니다.

"이 바위가 네 마음이다. 마음이 깨져야만 더 높은 곳으로 올라갈 수 있다."

우리 마음이 깨져야 할 순간은 언제일까요? 어쩌면 고정관념에 사로잡혀서 해야 할 일을 하지 못할 때가 아닐까 싶습니다. 앞서 제자는 바위가 문을 통과할 수 없다는 고정관념이 있었지요. 하지만 스승이 보여 준 것처럼 분명히 방법이 있었습니다. 이런 우리의 마음을 깨야만 했습니다. 마음을 깨야 삶의 여유도 얻을 수 있습니다.

사람_이웃

처음으로 자전거로 장거리 여행했을 때를 잊을 수 없습니다. 어렸을 때부터 꼭 해보고 싶은 여행이었지만, 자전거를 잘 타지도 못했고 또 자신도 없어서 마음만 먹고 있었지요. 그러나 더 나이 들어서는 할 수 없겠다 싶어서 30대 중반에 갑곶성지에서 부산까지 자전거 여행을 떠났습니다. 당시에는 워낙 튼튼해서 별 어려움이 없으리라고 생각했습니다.

실제로 대전까지 갔을 때는 아무런 문제가 없었습니다. 그런데 대구를 지나면서 몸에 이상이 생겼습니다. 무릎이 너무 아팠는데, 걷지도 못할 정도의 통증이 밀려왔습니다. 자전거 여행을 자주 가는 선배 신부님께 이런 경우에 어떻게 해야 하는지 물었습니다. 그러자 근처의 정형외과에 들어가서 '근육 이완 주사'를 맞고 푹 쉬라는 것입니다.

자그마한 시골 읍내에 들어가니 허름한 정형외과가 눈에 보였습니다. 워낙 손님이 없다 보니 접수하자마자 곧바로 진찰받을 수 있었습니다. 너무 친절했습니다. 이 더운 날 고생한다면서 냉커피도 주시고 이런저런 이야기를 나누다가 근육 이완 주사를 맞고 병원 앞 약국에서 약을 받았습니다. 약사 선생님 역시 이 뜨거운 여름날에 고생한다면서 약값을 깎아줍니다.

자전거 여행 중에 기억나는 것이 무엇이냐고 물으면 곧바로 '사람 만난 일'이라고 합니다. 사람을 만나면서 '참으로 살맛 나는 세상'임을 느끼게 했던 일들이 가장 기억에 많이 남습니다. 그 만남으로 힘든 것도 잊고 목표했던 부산을 무사히 다녀올 수 있었습니다.

고통과 시련은 계속 우리에게 다가옵니다. 그러나 이를 잊게 할 수 있는 사람과의 만남이 계속해서 있었습니다. 이 만남을 거부하면서 고통과 시련이 더 크게 보였던 것이 아니었을까요?

중학생 때, 수학여행으로 속리산에 갔습니다. 1,000명이 넘는 학생이 속리산에 오르니 정말로 정신이 없었지요. 속리산 정상에 도착한 친구와 저는 빨리 내려가서 선생님께서 도착하시기 전에 놀고 있자면서, 산 아래로 뛰다시피 하면서 급하게 내려갔습니다. 그런데 시간이 지날수록 길이 잘못되었음을 깨달았습니다. 올라갔던 길과 달리 내려가는 길이 점점 험해졌고, 심지어 사람의 인적을 전혀 느낄 수 없었습니다. 잘못 내려가면서 길을 잃어버렸습니다. 날이 조금씩 어두워지면서 우리는 두려움을 느껐고, 결국 큰소리로 "사람 살려!"를 외쳤습니다. 그러나 어떤 응답도 들을 수 없었습니다. 한참 헤맨 끝에 내려가는 길을 찾을 수 있었습니다. 그리고 하산하는 친구들과 선생님을 만났습니다. 그때의 반가움은 말로 표현할 수 없을 정도였습니다.

벌써 거의 40년 전의 이야기입니다. 그때를 떠올려보면, 길을 잃었다기보다 오히려 길을 찾은 것이 아닐까 싶습니다. 그전까지는 사람이 그렇게 반갑지 않았습니다. 경쟁자, 방해꾼 등으로만 생각했습니다. 하지만 하산하면서 그 고생을 한 뒤로 사람이 얼마나 반갑고 감사한 존재인지 깨달을 수 있었습니다. 물론 그 마음이 그리 오래가지는 않았습니다. 그럼에도 지금까지 생각나는 것을 보면, 꽤 깊은 인상을 받았음을 알 수 있습니다.

지금 삶 안에서도 길을 잃은 것 같은 체험을 계속합니다. 무엇을 해야 할지, 어디로 가야 할지 몰라서 힘든 시간을 보낸 적이 많지 않습니까? 그러나 분명한 것은 어느 순간 길을 찾는 고마운 체험이 될 수 있다는 것입니다. 어떤 경우에도 희망을 잃지 않는 삶이 중요합니다.

준비만 하는 사람

어느 주일에 오리들이 집을 나서서 마을 아래의 오리 성당으로 뒤뚱거리며 내려갔습니다. 오리들은 뒤뚱뒤뚱 본당으로 들어가서 장의자에 앉았지요. 곧 오리 신부가 앞으로 나와 오리 성경을 펴고 그날의 복음을 읽은 후 강론했습니다.

"오리 여러분! 자신을 비하하지 마십시오. 주님은 우리에게 날개를 주셨습니다. 그 날개로 독수리처럼 높이 날 수 있습니다. 어떤 장벽도 우리를 막지 못합니다. 주님이 주신 날개를 활용해 멋지게 나십시오."

오리 신부의 강론에 모든 오리가 확신에 차서 "아멘!"이라고 응답했습니다.

미사가 끝난 뒤에 오리들은 어떻게 집으로 갔을까요? 독수리처럼 하늘 높이 날아서 갔을까요? 아니면 날기 위해 성당 마당에 모여서 힘찬 날갯짓을 하고 있을까요? 아니었습니다. 그냥 뒤뚱거리며 집으로 돌아갔습니다. 언제나 그렇듯 말은 말이고 행동은 행동일 뿐이었지요.

말로만 날겠다고 해서는 안 됩니다. 실제로 날기 위한 노력을 해야 했습니다. 그런데 이 오리들의 모습이 우리들의 모습과 중첩되지 않습니까? 너무나 쉽게 자기 자리에 안주하거나, 할 수 없다면서 포기했던 것이 아닐까요?

학창 시절, 우연히 친구 집에 갔다가 시험을 앞두고 책상 정리와 서랍 정리를 하는 친구의 모습을 본 적이 있습니다. 자기 주변을 깔끔하게 정리해야 공부에 더 집중할 수 있다고 말하더군요. 그렇다면 이 친구는 공부를 잘했을까요? 못했을까요? 그렇게 잘하지는 못했습니다. 공부 잘하는 아이를 보면, 이 친구와 조금 다릅니다. 시험 전에 정리하는 것이 아니라 오히려 시험이 끝난 뒤에 정리합니다. 지금은 책상 정리할 때가 아니라 공부할 때라는 것이지요.

준비만 열심히 하는 사람이 많습니다. 자전거를 본격적으로 타겠다고 결심하고서는 자전거 장비를 열심히 마련하는 사람이 있습니다. 그리고 처음 며칠 타다가 나중에는 자전거에 먼지가 가득 쌓인 채 구석에 세워만 놓더군요. 준비가 중요한 것이 아니라 지금 당장 실천하는 것이 늘 먼저였습니다. 신앙인 중에서도 이런 분을 종종 봅니다. 오랫동안 냉담 중이신 분께 "이제 성당 나오셔야죠?"라고 말씀드리면 이렇게 답하십니다.

"아직 준비가 안 되었습니다. 나갈 준비가 되면 그때 열심히 나가겠습니다."

늘 준비만 하기보다 지금 해야 할 일을 곧바로 실천해야 합니다.

어디에 맞춰야 할까?

한 설문조사 기관에서 575명의 직장인을 대상으로 "회사가 나의 재능을 잘 알아준다고 생각하는가?"라며 질문했습니다. 재능을 알아준다고 대답한 응답자는 얼마나 되었을까요? 그렇게 높지 않았습니다. 겨우 25%였지요. 회사가 나의 능력을 충분히 알아주지 못한다고 느끼는 사람이 75%나 되는 것입니다.

그렇다면 회사는 직원의 재능을 알아주어야 할까요? 재능을 파악하고 거기에 맞춰서 일할 수 있도록 한다면 업무 향상에 큰 도움이 될 것입니다. 그러나 실제는 그렇지 않습니다. 직원의 재능을 알아보려고 노력하지도 않습니다. 그저 회사를 위해 얼마나 도움이 되는가만을 따지려 합니다.

예전에 직원 채용했을 때가 생각납니다. 성당이라는 특수성 때문에 주말에도 출근해야만 했습니다. 그래서 면접 중에 이를 이야기하니, 한 사람은 "주일에 일하는 것은 힘들 것 같습니다. 주일에는 쉬고 대신 평일에 정말 열심히 일하겠습니다."라고 말했고, 다른 사람은 "당연히 제가 맞춰야죠. 뽑아만 주십시오. 열심히 하겠습니다."라고 했습니다.

누가 채용되었을까요? 회사가 나에게 맞추는 것이 아니라, 내가 회사에 맞춰야 채용될 수 있습니다.

사람들과 관계에서도 이 점을 기억하면 어떨까요? 무조건 상대방이 내게 맞추는 것이 아닌, 내가 맞추는 것입니다. 그래야 적극적인 관계를 만들 수 있고, 누구와도 좋은 사랑의 관계를 만들 수 있을 것입니다.

아시아 최고의 갑부이자 홍콩 재벌인 이가성 회장의 이야기를 들은 적이 있습니다. 회장은 30년 동안 자기 차를 운전해준 운전사를 치하하고자 퇴직할 때 200만 위안, 우리나라 돈으로 약 3억 6,000만 원의 수표를 건넸습니다. 그러자 운전사는 "필요 없습니다."라며 그 큰돈을 사양하는 것입니다. 그리고 웃으며 이렇게 말했습니다.

"사실 회장님 덕에 2,000만 위안(약 36억 원) 정도는 모아놓았습니다."

회장은 깜짝 놀라면서 "자네 월급이 그리 많지 않을 텐데 어떻게 그런 거액을 모을 수 있었지?"라고 물었고, 운전사는 대답했습니다.

"회장님께서 제 뒷자리에서 전화하시는 걸 듣고, 회장님이 땅 사실 때 저도 조금씩 사고, 주식 살 때 저도 조금씩 샀더니 어느 새 그렇게 되었습니다."

누구를 만나고 또 누구를 따르느냐의 중요함을 보여주는 이 야기입니다. 지금 당장은 나에게 특별한 이익이 없는 것처럼 보일 수도 있습니다. 그러나 지금의 이익보다, 또 순간의 만족보다 더 중요한 것을 쫓아야 합니다. 제게는 하느님이 중요하고, 하느님을 통해 많은 것을 얻을 수 있었습니다. 여러분은 어떻습니까?

나도 틀릴 수 있다

　교통사고 영상을 10명의 실험 참가자에게 보여 준 후, "추돌사고에서 자동차의 속도는 얼마였던 것 같습니까?"라고 물었습니다. 사람들은 대략 시속 50km 정도였던 것 같다고 대답했습니다.

　이번에는 같은 영상을 또 다른 실험 참가자 10명에게 보여 주고는 "운전자가 사망한 이 추돌사고에서 자동차의 속도는 얼마였던 것 같습니까?"라고 물었습니다. 그랬더니 대략 시속 60km 정도였던 것 같다고 대답했습니다. 즉 운전자가 사망했다는 정보를 들은 사람들은 자신이 본 영상 속의 차량 속도를 더 높은 것으로 관찰한 것입니다.

　자신이 가진 지식과 정보를 통해 관찰한다는 것을 알 수 있습니다. 이를 다르게 표현하면 우리 인간은 보고 싶은 것만 본다고 할 수 있겠습니다. 이렇게 우리의 판단은 객관적이지 않습니다. 실제로 가족에게 더 긍정적인 마음으로 다가가고 있으며,

부정적인 선입견이 있으면 아무리 올바른 행동을 해도 믿으려 들지 않습니다.

자기의 판단이 무조건 옳다고 말하는 어리석음에서 벗어날 수 있어야 합니다. 이런 경우를 한번 생각해보십시오. 나는 맞고 상대방이 틀렸다고 믿는데, 다른 모든 이는 내가 틀렸고 상대방이 맞았다고 말합니다. 이때 자신이 틀렸음을 인정하는 사람이 그렇게 많지 않습니다. 억울하고 저렇게 모를 수 있냐면서 화를 내지요. 그러나 우리는 틀릴 수 있으며, 그래야 사람이라는 것을 기억해야 합니다.

모든 관계의 기초를 다지는 우정

부모가 가장 큰 기쁨과 보람을 느낄 때는 언제입니까? 많은 부모는 자녀에게 이런 말을 들었을 때라고 대답합니다.

"아빠, 엄마 덕분에 행복해."

이 말을 들은 부모는 아이에게 아마 "아빠, 엄마도 너희 덕분에 행복해."라고 말할 것입니다.

자기 행복을 고백하는 말은 듣는 사람을 행복하게 한다고 합니다. 특히 부모 자녀 사이의 이 말은 안도감과 동시에 기쁨을 갖게 합니다. 부모 자녀는 일촌 관계, 자신이 아닌 타인 중에서 가장 '의미 있는 타인' 중 하나입니다. 그래서 서로 행복의 말을 할수 있어야 한다는 것을 깨닫습니다.

부모가 가장 큰 충격을 받을 때는 "부모 때문에 불행하다."라는 말을 들을 때라고 합니다. 사실 완벽한 부모는 없습니다. 각종 육아 관련 방송을 보면 문제 있는 부모투성이입니다. 그렇다면 자신은 방송에 나오는 부모와 달리 완벽한 부모일까요? 마찬가지로 부족함이 가득합니다. 이제 자녀는 어떨까요? 완벽한 자녀도 없습니다. 누구나 다 부족함이 가득한 나약한 인간일 뿐입니다. 부족한 부모와 부족한 자녀가 만나서 완벽한 사랑을 향해 서로의 부족함을 채워 주는 것입니다. 그래서 서로가 긍정의 말, 사랑의 말, 행복의 말을 전할 수 있어야 합니다.

부모와 자녀만의 관계만이 아닙니다. 나의 이웃이라고 할 수 있는 모든 사람과의 관계 안에서 우리는 말과 행동에서 주의를 기울여야 합니다. 사랑 안에서만 완벽한 삶을 만들 수 있습니다.

여러분은 가장 친한 친구를 말하라고 하면 누구를 뽑겠습니까? 진정한 친구라고 하면 서로 생각이 달라도 묵묵히 지지할 수 있습니다. 마음에 들지 않는 부분도 이해하는 방향으로 나아갑니다. 어려운 부탁도 기쁘게 받아줍니다. 또 좋은 점만을 보려 하고 긍정적인 생각으로 대합니다. 진정한 친구 사이이기 때문입니다.

작가 조티시 노박은 우정을 부부관계의 기초로 삼으라고 합니다. 진정한 친구 사이에는 서로 생각이 달라도 묵묵히 지지를 보내듯 배우자도 그렇게 대해야 한다는 것입니다. 그리고 이렇게 말합니다.

"우정을 기초로 한다면 당신의 결혼생활은 어떤 시련이 닥쳐와도 끄떡없을 것."

모든 관계를 우정의 관점에서 바라볼 수 있어야 합니다. 다르다는 이유로 친구가 되지 못하는 것이 아닙니다. 사랑이 없기에 또 우정이 없기에 친구가 되지 못하는 것이었습니다. 우리 가족도 사랑으로 우정을 나누는 친구 관계가 되었으면 합니다.

주변을 변화시키는 사람

동네의 시계 수리점을 다녀왔습니다. 사제 서품받을 때, 부모님께서 선물로 주신 시계가 있는데, 시계 차는 것이 불편해서 서랍 속에 잘 보관만 했던 것이지요. 그러다 부모님 모두 하느님 나라에 가신 뒤에 이 시계가 생각났습니다. 하지만 언제부터였는지 모르겠지만, 시계가 전혀 작동하지 않는 것입니다. 단순히 시계 안에 들어가는 건전지가 방전되었을 것으로 생각했습니다.

시계 수리점에서는 시계 회로가 다 망가졌고, 부품의 부식이 너무 심하다면서 직접 보여주셨습니다. 그러다가 저에게 "혹시 신부님 아니세요?"라고 묻는 것이 아닙니까? 로만 칼라를 한 것도 아니고, 신부라고 스스로 소개하지도 않았습니다. 더군다나 이분은 신자도 아니었습니다. 어떻게 알았냐고 물으니, 그냥 그런 느낌이 들었다는 것입니다. 말투나 하는 행동에서 신부님 같다고 하십니다.

이런저런 이야기를 나누다가 수리할 부분이 너무 많아서 열흘 뒤에 찾기로 했습니다. 집으로 돌아오는 길에, 이 시계 수리점 사장님께 신부는 과연 어떤 이미지일까 싶었습니다. 좋은 이미지일까요? 나쁜 이미지일까요? 그래도 좋은 이미지였기에 많은 대화도 나누고 수리 가격도 할인해주신 것이 아닐까요? 그렇다면 저의 이미지도 괜찮은 것이겠죠?

좋은 이미지를 남길 수 있는 사람으로 잘 살아야 함을 깨닫습니다. 제 말과 행동 하나하나가 사제단 전체를 욕 먹이게 하고, 더 나아가 하느님을 욕 먹이게 할 수도 있음을 기억하면서 말이지요.

운전하다가 라디오에서 '고마리'라는 식물에 관한 이야기를 들었습니다. 이 이름의 유래는 너무 번식력이 강해서 '그만, 고만'에서 비롯되었다고 하고, 또 하나는 더러운 물을 정화해준다고 해서 '고마운, 고마우리'에서 유래되었다고 합니다. 이 식물은 더러운 시궁창에서도 잘 자란다고 합니다. 그리고 그 더러운 시궁창의 물을 깨끗하게 정화해준다는 것입니다.

문득 '고마리'도 깨끗하고 모든 환경 조건이 만족스러운 곳을 좋아하지 않을까 싶었습니다. 그러나 그런 환경이 아니더라도 '여기는 도저히 못 살겠어.'라면서 포기하지 않는다는 것이지요. 오히려 자기 주변을 정화하면서 변화시킵니다. 물을 깨끗하게 하고, 그래서 벌이 날아오게 하면서 자연을 아름답게 만들고 있었습니다.

우리 곁에도 고마리의 모습을 닮은 사람이 참 많다는 것을 깨닫습니다. 자기 욕심과 이기심을 채우기보다는 스스로 노력해서 자기 주변을 변화시키는 사람들이 참 많습니다. 그리고 어떤 시련과 어려움이 찾아와도 포기하지 않으면서 주변을 아름답게 만들고 있습니다.

세 번째 사람

오래전 EBS에서 방송에 재미있는 실험을 했습니다. 출근 시간 지하철역 근처 건널목에서 한 사람이 길을 건너지 않고 멍하니 하늘을 바라봅니다. 하지만 행인들은 힐끗 쳐다볼 뿐 아무도 그 사람을 신경 쓰지 않습니다. 또 한 사람이 멈춰 서서 하늘을 바라봅니다. 하늘에 뭔가가 있는 것일까요? 하지만 출근 시간 전까지 직장에 가야 하는 사람들의 발길을 막을 수 없습니다. 하늘을 바라보는 사람이 3명이 되었습니다. 그러자 행인 중 상당수가 하늘을 쳐다보았고, 이윽고 다른 사람도 대부분은 하늘을 쳐다보는 행동을 보였습니다.

이는 1969년 미국 심리학자 스탠리 밀그램Stanley Milg ram이 뉴욕의 거리 한복판에서 실시했던 실험을 재현한 것으로 많은 사람을 놀라게 했습니다. 이것은 이른바 '제3의 법칙' 이론의 실험입니다. 바쁜 대중 속에서 같은 행동을 하는 세 사람을 차례로 투입하면 어떤 변화를 끌어내는지 확인하는 실험입니다. 그리고 이 법칙은 올바른 사회정의를 위해 적용할 수 있는데, 주위를 신경 쓰지 않고 바른 일을 하는 3명의 존재를 드러내는 것으로 때로는 수많은 대중을 바른길로 이끌 수 있다는 것입니다.

20세기 가장 전설적인 연설가이자 작가인 짐 론Jim Rohn은 다음과 같은 유명한 말을 남겼습니다.

"가장 많은 시간을 함께 보내는 사람 5명의 평균 모습이 바로 당신이다."

인간은 놀라울 정도로 환경에 빨리 적응하는 것으로 유명합니다. 그래서 주변에 있는 사람들의 영향을 받지 않을 수 없습니다. 그리고 주변에 있는 사람들의 모습을 간직하면서 지금을 살게 되는 것입니다.

신학교에 들어간 뒤, 여러 친구를 사귀게 되었습니다. 솔직히 신학교 들어가기 전에는 그렇게 기도 시간을 즐거워하지는 않았음을 인정합니다. 하지만 동료 신학생들과 함께 신학교 생활하면서 어느 순간에 기도 시간이 즐거워졌고, 책을 읽고 글을 쓰는 것을 자주 보면서 저 역시 그런 모습을 갖게 되었습니다.

사람은 환경에 빨리 적응하기에 내 옆에 있는 사람이 누구인지가 중요했습니다. 그리고 자기는 다른 이에게 어떤 사람으로 옆에 있는지도 떠올려 볼 수 있어야 할 것입니다.

인간은 환경의 지배를 받지만, 역으로 상황을 지배할 수도 있습니다.

당신이 선한 행동의 세 번째가 되어주십시오. 그러면 당신을 따라 수많은 선한 행동이 분명히 이어지는 기적이 우리 주변에 자주 일어날 것입니다.

4장

우리를 구원하는 사랑의 힘

더 큰 사랑을 보면

결혼에 대해 고민하던 어느 젊은이가 종이에 결혼의 장단점에 대해 적었습니다. 결혼의 장점은 아래와 같습니다.

"동반자가 생김, 함께 놀 상대로서 강아지보다는 나음, 여성과의 즐거운 수다, 노년에 나를 돌봐줄 자녀가 있음, 아내 덕분에 너무 강박적으로 일하지 않을 수 있다면 건강에 더 좋을 수도 있음, 집을 돌볼 사람 생김."

결혼의 단점도 이렇게 나열했습니다.

"지금 사는 도시를 떠나야 할 수도 있음, 내 뜻대로 살 수 없음, 이제 친구들과의 만남을 자유롭게 가질 수 없음, 아내 친척들을 즐겁게 해주느라 시간 낭비가 됨, 아내의 친척들을 방문하느라 시간 낭비를 할 수 있음, 양육 비용의 부담이 있음, 자녀에 대한 걱정과 가족을 책임지는 데 따르는 일반적 걱정도 있음, 저녁에 독서 불가, 가족을 부양하기 위해서 돈이 되는 직업을 가져야 함."

이 젊은이는 이렇게 나열한 뒤에 과연 결혼했을까요? 결혼하지 않았을까요? 결혼의 단점이 이렇게 많은데도 그는 결혼했습니다. 헌신적인 아내와 자녀들까지 그의 일에 총동원되어 함께 위대한 업적을 남길 수 있었습니다. 그가 바로 진화론의 기초를 확립한 찰스 다윈입니다. 결혼할 수 없는 이유가 그렇게 많았지만, 그보다 더 큰 사랑을 보았기에 위대한 업적을 이룰 수 있었다고 스스로 인정합니다.

방관자가 아닌 당사자로 살기

운전 중에 라디오를 통해 "지금 엄청난 화재가 일어났습니다"라는 뉴스 속보를 들었습니다. 그러면 대부분 이런 반응일 것입니다.

"아이고, 큰 사건이 또 났네. 빨리 화재가 진압되어서 희생이 없어야 할 텐데…."

그런데 잠시 뒤에 조금 구체적인 소식을 듣게 됩니다. "이 화재는 인천 연수구에 있는 송도 신도시에서 일어났습니다." 이 말에 저는 "아니, 우리 동네잖아? 잘하면 화재 난 것을 볼 수도 있겠는데?"라고 말할 것 같습니다. 바로 그때 뉴스 진행자의 놀라운 목소리를 듣게 됩니다.

"인천 송도신도시에 있는 성김대건성당에서 불이 났습니다."

이때 저는 어떻게 할까요? 그냥 남의 집에 불난 것처럼 생각할까요? 그렇지 않습니다. "맙소사, 우리 성당이잖아?"라면서 속도를 높여 성당으로 빨리 갈 것입니다.

대부분 어떤 사건에 대해 제노비스 신드롬(방관자 효과)을 보인다고 합니다. 그러나 이 사건이 나의 일이라고 생각하는 순간, 비로소 방관자가 아닌 당사자가 되지요.

괴테 연구가 전영애 선생님의 말씀입니다.

"『파우스트』에 나오는 말입니다. 사람을 마지막 실족에서 물러서게 하는 것. 마지막 걸음을 못 내딛게 뒤로 불러들이는 것, 이게 유년 시절 사랑의 기억이거든요. 얘들은 많이 사랑해 줘야합니다. 어렸을 때 받았던 그 절대적인 사랑은 어디 가지 않거든요. 그게 몸에 남아 있어 그 힘으로 사는 것 같아요."

괴테는 죽기 2년 전에 인생은 결국 '사랑이 살린다.'라고 했습니다. 실제로 사랑은 지금 삶에 생기를 불어넣습니다. 더군다나 이 사랑의 확장성은 대단합니다. 나만이 아닌 우리가 모두 지금 삶을 잘 살게 해줍니다. 그런데도 사랑할 수 없는 이유만 찾는 우리는 아니었을까요?

아이가 너무 예쁩니다. 이렇게 예쁜 아이도 때로는 무례한 말과 행동을 합니다. 그러나 그런 말과 행동을 해도 여전히 예쁩니다. 신부가 된 지 얼마 안 되었을 때는 아이들을 교육의 대상으로만 생각했습니다. 이때 아이들은 그렇게 예뻐 보이지 않았습니다.

지금은 아이들이 어떤 말과 행동을 해도 다 예쁩니다. 예쁘니다 받아들일 수 있는 것 같습니다. 그리고 아이들에게 사랑의 기억을 많이 남겨 주고 싶습니다. 사랑받은 아이가 또 사랑을 누군가에게 줄 수 있다는 사실을 잘 알기 때문입니다.

사랑해야 제노비스 신드롬, 즉 방관자에서 벗어나 진짜로 함께할 수 있습니다. 사랑을 지금 실천하는 '나'에 집중해야 합니다. 그래야 남 탓으로 불편한 마음을 만드는 것이 아니라, 나의 사랑으로 우리 모두 편할 수 있는 세상을 만들 수 있습니다.

사랑하세요

남편 때문에 속상하다는 분이 있습니다. 툭하면 자기 외모를 두고 깎아내리기 때문입니다. '뚱뚱하다, 이제 매력적이지 않다. 나니까 같이 살아 주는 거다.'라는 식의 말을 자주 해서 속상하다는 것입니다. 그런데 옆에 있는 분도 "내 남편도 그래."라며 맞장구를 쳐주십니다.

하나밖에 없는 자기 배우자 그리고 '평생 동반자'라고 하는데 왜 이런 말을 할까요? 심리학자 데이비드 버스David M. Buss는 이를 연구해서 발표했습니다. 결론부터 말하면, 상대가 나를 떠날지 모른다는 심연의 두려움이 외모 폄하로 이어진다고 합니다. 이에 따라 상대가 나를 떠나지 못하도록, 일종의 가스라이팅을 하는 것입니다.

그렇다면 이런 말을 하지 않게 하는 방법은 무엇일까요? 치고받고 싸워 이기면 될까요? 아니면 그냥 무시하면 될까요?

남에 대해 이러쿵저러쿵 말하는 이는 대부분 자존심이 떨어지고 불안한 심리상태라고 합니다. 그래서 오히려 자존감을 더 높여주고, "내가 이렇게 멋져도 당신을 떠나지 않을 거야. 언제나 당신과 함께할 거야. 당신밖에 없어." 이런 식의 말을 해주면 어느 순간 가스라이팅이 아닌 진짜로 존중하고 받아준다는 것입니다.

나 자신을 위해서도 상대를 존중하고 인정해주는 자세가 필요합니다.

어렸을 때의 사진을 정리했습니다. 그런데 나이 먹으면서 제 모습이 계속 변하고 있음을 깨닫습니다. 갓난아기 때 제 모습을 보고 지금의 저를 떠올릴 사람은 하나도 없을 것 같습니다. 어쩌면 초등학교, 중학교 때 제 모습을 보고도 지금의 '저'임을 알기 힘들 것입니다. 그만큼 많이 바뀌었습니다. 그렇다면 성격은 어떨까요? 성격도 참 많이 변했습니다. 하긴 인간의 세포는 거의 7년 주기로 완전히 바뀐다고 하지 않습니까? 세포로는 7년 전의 '나'와 지금의 '나' 그리고 7년 후의 '나' 모두 완벽하게 다른 존재입니다.

이렇게 인간은 계속 변합니다. 그래서 제가 잘 안다고 생각하는 상대방 역시 제대로 아는 것이라고 할 수 없습니다. 이를 위해 잘 알려고 노력해야 하고, 더 많은 대화를 나눠야 하는 것이 분명합니다. 하지만 부부간에도 대화가 점점 줄어든다고 합니다. 지레 짐작하고, 대화가 되지 않는다는 이유로 거리를 둡니다.

변화하는 상대방을 인정하지 못할 때 드러나는 증세입니다. 상대방이 변했다면서 거부할 것이 아니라, 그 변화를 지극히 인간적인 모습으로 받아들일 수 있어야 하지 않을까요? 그리고 이를 진짜 사랑이라고 고백할 수 있을 것입니다. 이렇게 상대를 존중하고 인정해주어야 합니다.

아는 지인이 있는데, 이분의 차는 늘 상처투성입니다. 차 옆에도 또 뒤에도 어디에 긁힌 자국이 보이고, 어디에 부딪혔는지 찌그러져 있기도 합니다. 그러나 별로 신경 쓰지 않습니다. 차는 소모품이라서 잘만 굴러가면 그만이라고 말씀하십니다. 얼마 전에는 새 차를 뽑았다고 하는데, 또 얼마 못 가서 벽에 부딪혀서 또 큰 수리를 해야만 하셨습니다. 운전 경력이 30년 넘었음에도 왜 이렇게 운전에 미숙할까요?

이에 대해 차량 전문가의 말을 들은 적이 있습니다. 운전 실력이 없어서가 아니라 차를 사랑하지 않기 때문이라고 합니다. 차를 사랑한다면 함부로 운전하지 않을 것이기 때문입니다. 사랑하면 그만큼 귀하게 여깁니다. 정말로 아끼는 물건을 함부로 대하는 사람이 있을까요? 소중하게 다루고 혹시라도 상처가 날까 더 조심할 수밖에 없습니다.

사람에 대해서도 마찬가지입니다. 입으로야 늘 사랑한다고 말하지만, 실제로 얼마나 그 사람을 귀하게 여기고 있었습니까? 혹시라도 상처를 입지 않을까 싶어서 귀하게 대하고 자기 말과 행동에서도 조심할 것입니다. 그러나 입으로는 사랑한다고 말하면서도 함부로 대하는 사람이 많습니다. 내 배우자에 대해서는 어떻습니까? 또 내 자녀, 부모에 대해서는 어떻습니까? 친한 친구와 회사 동료에 대해서는 어떠했습니까?

귀하게 여겨야 사랑하는 마음도 생깁니다. 내 뜻만을 내세우고, 상대방이 변화되기만을 바라는 마음은 귀하게 여기는 마음이 아닙니다. '있음' 자체로 귀하게 여길 수 있는 마음, 그때 사랑이라는 소중한 감정이 내 안에 자리 잡을 수 있습니다.

사랑의 도구

세상에는 어렵고 힘들어하는 사람이 많습니다. 풍요와 안정을 누리는 사람이 있는 반면에, 한 끼 식사도 제대로 하지 못하고 굶주리는 사람이 얼마나 많은지 모릅니다. 2020년 조사를 보니 기아 인구가 전 세계에 자그마치 8억 1,000만 명입니다. 특히 아프리카의 상황이 좋지 않은데, 인구 5명당 1명이 영양부족에 시달린다고 합니다. 이 뉴스를 보면서, 마더 테레사 성녀께서 자주 하시던 말씀이 생각납니다.

"가난한 사람들이 굶주림으로 죽어간다면, 그것은 하느님께서 돌보지 않으시기 때문이 아닙니다. 그것은 당신과 제가 그들에게 필요한 것을 주지 않았기 때문입니다. 하느님께서는 가난한 이들에게 빵을 주고 추위에 떠는 사람들에게 옷을 나누어 줄 우리의 손을 필요로 하십니다."

우리는 하느님의 도구입니다. 즉 하느님의 뜻을 실행하는 도구로 살아야 합니다. 그러나 하느님께 모든 책임을 떠넘기려고 합니다. 하느님께서 알아서 해달라고만 청합니다. 여기에 자기의 어려움마저 해결해달라고 하면서, 자신이 하느님의 주인인 양 말하고 행동합니다. 그 어려움을 해결해주지 않으면, 불공평한 하느님이라면서 불평불만을 쏟아냅니다.

이런 불평불만을 쏟아내기 전에, 하느님의 도구답게 살았는지 먼저 반성해야 합니다. 우리의 손이 필요하신데, "제가 바빠서요. 제가 왜 해야 하는데요? 저한테 뭐 해준 것이 있나요?" 같은 말을 하면서 손이 되기를, 하느님의 도구가 되기를 거부했던 것은 아닐까요? 이렇게 거부하는 우리의 모습을 과연 하느님께서 좋아하실 리 없습니다.

당신의 사랑은 어떠합니까?

고령의 할아버지께서 암이 퍼질 대로 퍼진 상태에서 병원을 찾아오셨습니다. 연세가 많아서 힘든 항암치료를 받는 것이 위험하다고 판단한 의사는 할아버지의 자녀들에게 이렇게 말했습니다.

"항암치료를 받지 않는다면 6개월 정도의 시간이 남았고, 항암치료를 받는다고 하더라도 1년을 넘기기는 힘드실 것입니다."

이 말에 자녀들은 눈물을 펑펑 흘리며 "아버지"만 외쳤습니다. 그리고 아버지가 오래 사셔야 한다면서 항암치료를 해달라고 의사에게 부탁하는 것입니다. 의사는 다시 천천히 설명했습니다. 몇 개월 더 사실 수는 있어도 삶의 질은 최악이 될 것이라고 말입니다. 그러면서 이런 처방을 내렸습니다.

"매주 아버지를 찾아가세요."

자녀들은 난처한 표정을 지으면서 너무 바빠서 매주는 도저히 찾아갈 수 없다고 말합니다. 명절 때 찾아가는 것도 쉽지 않다면서 말이지요. 오래 사셔야 한다며 효자의 모습을 보였지만, 진짜 효자는 아닌 것 같습니다.

사랑의 행동은 자기 여유 시간에 하는 것이 아닙니다. 사랑을 실천할 수 있을 때, 적극적으로 실천해야 '사랑'의 참모습이 드러납니다. 하지만 우리는 늘 사랑을 뒤로 미루고, 실천할 수 없는 이유 찾기에 급급합니다. 진짜 사랑을 만날 수 없습니다.

여러분의 사랑은 과연 어떠하십니까?

'첫눈에 반하다.'라는 말이 있습니다. 첫눈에 사랑을 느꼈고, 이 사랑에 부부가 될 수 있었다고 말합니다. 그런데 첫눈에 반하는 것이 가능할까 싶습니다. 그보다는 시간이 흘러가면서 사랑을 만들어 가는 것은 아닐까요?

실제로 사랑에 빠지는 시간은 그리 길지 않다고 합니다. 시러큐스대학교의 스테파니 오티그Stephanie Ortigue 교수는 대뇌 촬영을 통해 0.2초 만에 그 사랑이 시작된다는 사실을 밝혔습니다. 사랑에 빠지면 코카인을 사용한 것과 같은 희열을 느끼고, 뇌의 지적 영역에도 변화가 일어납니다. 서서히 사랑이 물들어 가면서 사랑의 마음이 커지지 않는다는 것입니다. 결론은 첫눈에 반하는 사랑은 반드시 존재한다는 것입니다.

이 첫눈에 반하는 사랑에 집중할 필요가 있습니다. 사실 어느 순간이 되면 이 첫눈에 반하는 사랑을 잊어버립니다. 그리고 자신과 맞지 않는 이유를 찾으면서 처음에 가졌던 사랑을 부정하게 됩니다. "내가 눈이 삐었지."라면서 그 사랑이 잘못된 사랑이라고 말합니다. 하지만 처음의 사랑은 분명한 사랑이었습니다. 이 사랑을 사랑이 아니라 착각이라고 하면서, 아름답고 귀한 사랑을 잘못된 마음으로 바꾸었을 뿐입니다.

깊은 눈 맞춤

캘리포니아대학교 심리학과 로버트 엡스타인Robert Epstein 교수는 재미있는 실험을 진행했습니다. '깊은 눈 맞춤'에 관한 실험으로, 지원자에게 미소를 지은 채 애정 넘치는 눈빛으로 상대방을 8초간 바라보게 한 것입니다. 처음에는 웃음이 터지는 사람도 있었지만, 마음을 가다듬고 진지한 눈빛으로 상대를 바라보게 했습니다.

그 뒤의 결과가 매우 흥미로웠습니다. 서로 마주 본 뒤의 신체접촉은 평균 7% 증가했고, 호감은 11%, 친밀도는 자그마치 45% 증가했습니다. 또한 서로 2분 또는 그 이상 마주 보았을 때는 89%나 서로에 대한 친밀도가 증가했습니다. 그래서 오래 응시할수록 사랑에 빠져 있을 확률이 높다고 말합니다.

누군가가 미워졌을 때 그 미움의 상대와 눈을 마주칠 수 있을까요? 종종 미움의 감정이 없어졌으면 좋겠다고 말씀하시는 분을 만납니다. 그렇다면 본인이 먼저 '깊은 눈 맞춤'을 시도해야 했습니다. 하느님께서 미움의 감정을 없애주셨으면 한다고 말하지만, 본인이 할 수 있는 것을 하느님께 미루는 것으로 어쩌면 직무 유기라고 할 수 있지 않을까요?

최소한 8초 만이라도 눈을 마주칠 수 있는 관계를 만드는 노력을 아끼지 말아야 합니다. 그만큼 주님께서 강조하신 사랑을 적극적으로 실천하는 사람이 될 것입니다.

현재 제가 있는 송도에는 공원이 많아서 산책하기가 좋습니다. 그래서 식사 후에는 공원을 산책하며 묵주기도를 바치는 것이 큰 기쁨입니다. 그런데 부부가 함께 산책하는 모습을 많이 볼 수 있습니다. 손을 꼭 잡고 이야기하며 산책하는 부부의 모습, 상대의 허리에 손을 두르면서 함께 걸어가는 모습, 또 한 번은 서로의 엉덩이를 툭툭 치며 산책하는 부부의 모습도 봅니다. 모두 보기 좋습니다. 아름답다는 생각도 하게 됩니다.

이제까지 직접 결혼한 적은 없지만, 결혼식 주례는 누구보다도 많이 섰습니다. 그래서 이제 막 결혼을 시작하는 신랑 신부의 모습을 많이 봤는데, 그때 신랑 신부의 모습 역시 환하게 빛납니다. 화장발과 조명발이 아니라, 서로를 진심으로 사랑하기 때문입니다. 그렇다면 아기를 바라보는 어른의 모습은 어떨까요? 예뻐서 어쩔 줄 모르는 그 얼굴 역시 환하게 빛나고 있습니다.

우리는 사람의 얼굴이 환하게 빛날 때를 알고 있습니다. 바로 사랑할 때입니다. 앞서 산책하는 부부의 얼굴도 또 이제 결혼하는 신랑 신부도 모두 환하게 빛나고 있었습니다.

이렇게 우리는 환하게 변모될 수 있습니다. 즉 사랑하면 사랑할수록 얼굴이 환하게 바뀝니다. 그러나 사랑하지 않으면 어떻게 될까요? 환하게 빛나는 모습이 사라집니다. 생각해 보십시오. 소리를 높이며 싸우는 장면에서 환하게 빛나는 모습이 보일까요? 또 그 싸우는 장면을 보는 사람의 얼굴은 어떨까요? 그들에게서도 환하게 빛나는 모습은 없습니다. 사랑이 없으면 자기 얼굴이 변모되지 않는 것뿐 아니라, 내 주변 사람 역시 변모시킬 수 없습니다.

지난달, 서울로 강의 갔을 때 깜짝 놀랄 만한 체험을 했습니다. 전철을 탔는데 마침 빈자리가 있어서 얼른 그 자리에 앉았습니다. '편하게 가겠구나. 오늘 정말로 운이 좋은데?'라고 생각했습니다. 그리고 가방 안에서 읽으려고 넣어둔 책을 꺼내 읽고 있었지요. 한참을 읽다가 잠시 고개를 돌려 옆자리에 앉아 있는 사람을 보게 되었습니다. 그리고 깜짝 놀랐습니다.

분명히 이 자리에는 아주 젊은 긴 생머리의 여자가 앉아 있었습니다. 하지만 고개를 돌렸을 때 보게 된 분은 연세 지긋하신 할머니였습니다. 피곤해서 잠시 졸았던 것이 아닙니다. 책이 재미있어서 계속 깨어 있었고, 또 혹시라도 내려야 할 역을 지나

칠까 봐 계속해서 전철역을 확인했습니다. 그런데도 옆자리 사람이 바뀐 것을 몰랐습니다. 바로 옆에 있었음에도 전혀 신경 쓰지 않았기 때문입니다. 책에 신경 쓰고, 전철역 확인에만 신경 쓰다 보니 불과 몇 센티미터도 떨어져 있지 않은 사람의 변화도 깨닫지 못했습니다.

이렇게 바로 옆에 있는 사람에게도 무관심할 수 있습니다. 어디에 신경을 쓰느냐에 따라, 그 무관심은 더 커질 것입니다. 사랑을 많이 이야기하고 있습니다. 그러나 보려고 하지 않는다면, 그 사랑은 아무런 무게를 띠지 못할 것입니다.

누군가를 아프게 할 수 있는 말

　우리가 자주 쓰는 말 중에 남을 아프게 하는 말이 참 많습니다. 일부러 아프게 하는 말을 하려는 것도 아닙니다. 평상시에 아무렇지도 않게 쓰는 말이지만, 누군가에게는 큰 아픔을 주는 말이 된다는 뜻입니다.

　'미망인'이라는 말이 있습니다. 이 말을 많이 사용하지 않습니까? 이 뜻은 남편을 여의고 혼자 된 여인입니다. 그런데 한자 뜻을 살펴보면 '아닐 미未' '죽을 망亡' '사람 인人'으로 '죽지 않은 사람'입니다. 바로 여기에는 남편이 죽으면 아내도 따라 죽어야 한다는 유교적 사상이 담겨 있습니다.

　'살색' 역시 황인종 중심의 사고로, 피부색 다른 사람을 배제하는 표현입니다. 또 '결정 장애가 있다'도 그렇습니다. 무언가를 결정할 때 주저하는 사람을 두고 흔히 하는 말이지만, 장애를 단순한 불편함이 아닌 부족하고 열등한 것으로 바라보는 시선이 깃들어 있습니다.

누군가를 아프게 할 수 있는 말을 자기도 모르게 사용했음을 깨닫습니다. 그리고 저 역시 그런 잘못을 많이 범했음을 반성합니다. 실제로 제 말을 듣고서 크게 상처를 받았다면서, 한동안 저를 많이 원망했다는 이야기를 들은 적이 있습니다. 아무리 조심해도 계속해서 실수할 수 있는 우리였습니다. 따라서 최대한 기쁨과 희망을 줄 수 있는 말을 하는 데 노력해야 그나마 아픔을 주는 말을 줄일 수 있지 않을까요?

미국에서 총기 난사 사건이 났다는 기사를 심심찮게 봅니다. '묻지 마' 범행처럼 세상에 대한 혐오로 그런 끔찍한 살인을 저지르기도 하지만, 인종차별 때문인 경우가 정말 많습니다. 아시아인, 유대인, 흑인 혐오로 인해 총기 난사라는 잘못된 선택을 행하곤 합니다. 그리고 이렇게 살인을 저질렀음에도 "나는 정의롭다."라고 말합니다. 백인우월주의를 바탕으로 다른 인종은 제거해야 할 대상으로 생각하고, 극우파 이데올로기의 영향으로 "빨갱이를 다 없애야 한다."라고 힘주어 말합니다.

세상은 나 혼자만 살 수 없으며, 전 세계가 인종에 상관없이 하나로 뭉쳐 있습니다. 그런데 이를 깨닫지 못하고 끔찍한 범행을 저지릅니다. 왜 그럴까요? 상식적으로는 도저히 이해되지 않는 이런 행동을 어느 학자는 '이야기' 때문이라고 말합니다. 타인의 잘못된 이야기를 진실로 받아들이기 때문입니다.

많은 가짜 뉴스가 난무합니다. 이 역시 하나의 이야기입니다. 이 이야기가 사회에 큰 영향을 끼칠 수 있음을 기억하면, 자기 입으로 쏟아내는 이야기는 진실이 되어야 합니다. 그러나 인간의 나약함과 부족함 때문에 진실보다는 거짓을 담을 때가 많습니다. 심지어 거짓을 말하고 있음도 깨닫지 못하고 온 힘을 다해 외치고 상대를 폭력으로 설득하려고 합니다. 그럴수록 죄로 기울어질 수밖에 없습니다.

앙갚음할 때, 받은 것 이상의 복수를 해야 직성이 풀립니다. 이 복수 행위가 민족 집단의 차원에서 이루어지면 그것은 전쟁이 됩니다. 그래서 복수의 복수를 당하지 않기 위해 적국을 완전히 말살했습니다. 이런 복수의 열기는 개인 생활에서도 그대로 적용되었지요. 이런 마구잡이 복수를 막고 공평한 잣대의 필요성에서 나온 것이 바로 인류 최고의 법전인 함무라비 법전입니다. 그중에서 탈리온법(동태복수법)은 아주 유명한데, '목숨은 목숨으로, 눈은 눈으로, 이는 이로, 손은 손으로, 상처는 상처로, 타박상은 타박상으로 갚아라.'라는 것입니다. 그러나 이게 정말로 공평할 수 있었을까요?

뒷담화만 하지 않아도 성인이 됩니다

어느 신부님께서 신자들과 함께 있다가 갑자기 방귀를 '뿡' 뀌고 말았습니다. 신자들 앞에서 소리가 났다는 민망함이 있었지만, 그래도 방귀 뀌지 않는 사람이 없으니 '이해해주겠지.'라는 마음으로 웃으면서 "죄송합니다."라고 했습니다. 그런데 다음 날 어이없는 소문을 들었습니다. '우리 신부님께서 신자들과 함께 있는 자리에서 바지에 똥 쌌다.'라는 소문입니다.

소문의 속도는 엄청나게 빠릅니다. 그리고 그 소문은 계속해서 살이 붙어서 사실과 전혀 다른 모습으로 변하게 됩니다. 따라서 우리는 '말'에 특히 신경 써야 합니다. 프란치스코 교황님께서도 '뒷담화만 하지 않아도 성인이 됩니다.'라고 말씀하셨지요. 가장 재미있는 말이 '뒷담화'라고 하지만, 재미를 떠나 진실을 말할 수 있는 우리가 되어야 하느님 마음에 드는 '성인'의 길에 가까워질 수 있습니다.

소문의 속도는 대단합니다. 어떤 사람이 인구 3만 명이 사는 소도시에 깜짝 놀랄 만한 소문을 가지고 아침 8시 회사에 출근해 세 사람에게 소문을 들려주었습니다. 이 소문을 들은 세 사람은 각자 또 다른 세 사람에게 이 소문을 전하게 됩니다. 이렇게 한 단계 걸리는 시간이 15분이라고 했을 때, 3만 명이 사는 소도시 전체가 이 소문을 알려면 얼마나 걸릴까요? 계산해보면 간단합니다. 딱 2시간 30분이면 도시 전체의 사람에게 소문이 퍼지게 됩니다.

이론과 실제는 차이가 있다고 하는 분이 있을 것 같습니다. 맞습니다. 이론과 실제는 차이가 분명히 있습니다. 그런데 소문은 이론보다도 실제로 더 빠릅니다. 왜냐면 요즘에는 직접 만나서 전달하는 것보다도 더 빠른 전달 수단이 있기 때문입니다. 각종 메신저(전화, 문자, SNS 등)의 발달로 장소와 시간에 구애받지 않고 더 많은 사람에게 더 빠르게 전달됩니다. 특히 그 소문이 좋은 소문이 아닌 나쁜 소문이라면 훨씬 더 빠르게 전달됩니다. 소위 '아니면 말고' 식의 '카더라통신'으로 인해, 아픔과 상처를 받는 사람이 늘어나게 됩니다.

과연 어떤 소문을 전달해야 할까요? 나쁜 소문이나 가짜 소문이 아니라, 좋은 소문을 그리고 진리를 전달하는 데 집중할 수 있어야 합니다. 아픔과 상처로 힘들어하는 사람을 만드는 내가 아니라, 사랑과 희망으로 사람들에게 힘을 주는 내가 되어야 합니다.

나쁜 소문, 가짜 소문은 나 자신이 아니어도 빠르게 전달됩니다. 그 빠른 속도에 내가 무엇을 더할 필요가 없습니다. 그러나 좋은 소문, 기쁜 소식은 그 속도에 더 박차를 가할 수 있게 나의 힘을 쏟아야 합니다.

곁을 내준다는 것

고등학교 때, 한 선생님은 시험 보기 전에 문제와 답을 미리 알려 주셨습니다. 그러면서 항상 이렇게 말씀하셨습니다.

"이렇게 문제와 답을 다 알려줘도 못 맞추는 멍청이가 있다."

우리는 그럴 리가 없다고 했습니다. 토씨 하나 틀리지 않고 똑같이 내는 문제를 어떻게 틀릴 수 있냐고 웃으며 말했습니다. 그렇다면 결과는 어떻게 되었을까요? 당시 한 번에 60명 정도 되었는데, 모두 100점 맞았을까요? 아닙니다. 틀린 사람이 꽤 많았습니다. 틀리면 바보 멍청이라고 생각했는데, 그런 생각을 했던 저 역시 부끄럽게도 틀렸습니다.

문제와 답을 가르쳐줘도 제대로 귀담아듣지 않았기 때문입니다. 귀담아듣지 않으면 당연히 틀릴 수밖에 없습니다. 귀담아듣지 않음은 나의 이웃과의 관계에서도 종종 드러납니다.

곁을 내준다는 말이 있습니다. 접근하여 대화하거나 속을 떠서 말을 할 수 있게 해준다는 말입니다. 이렇게 다른 사람을 돌보고 환대하는 것이 '곁'이라 할 수 있을 것입니다. 그러나 무조건 좋은 상황에서만 곁을 내줘야 할까요? 아닙니다. 고통의 상황, 말로 표현하지 못할 정도로 힘든 경우에 곁을 주는 것이 진짜 곁을 주는 것입니다.

따라서 곁을 준다는 것이 절대 쉽지 않다는 것을 알 수 있습니다. 계속해서 자기 아픔만을 이야기하는 사람에게 곁을 흔쾌히 내어줄 수 있을까요? 부정적인 말, 비판적인 말을 하면서 또 화를 내는 폭력적인 모습에도 곁을 내줄 수 있을까요?

곁을 내준다는 것은 정말로 힘듭니다. 즉 그들의 어떤 말도 다들어준다는 것이 불가능해 보이기도 합니다. 그러나 귀담아들어 줘야 정답을 알 수 있습니다. 곁을 내어줘야 함께할 수 있습니다.

삶, 인생

강론이나 강의할 때, 스토리를 만들려고 노력합니다. 하느님 말씀을 쉽게 또 오랫동안 기억할 수 있게 하려면 스토리텔링이 필요하다는 것을 많이 느꼈기 때문입니다. 그 효과는 분명히 큽니다. 문제는 그런 스토리를 만들기 쉽지는 않다는 것입니다. 더군다나 뻔한 스토리가 아닌, 예수님처럼 사람의 마음을 흔들기에 충분한 스토리를 만들기란 정말 어렵다는 것을 깨닫습니다. 하지만 스토리가 만들어지고 이 스토리로 마음에 울림이 왔을 때, 커다란 깨달음을 얻을 수 있게 됩니다.

우리 삶도 그렇지 않습니까? 삶 자체 안에서 우리는 많은 어려움과 힘듦을 경험합니다. 이를 100% 피할 수 있을까요? 아무런 고통 없이 기쁨과 행복만을 체험하는 사람은 없습니다. 그렇다면 '시간이 모두 해결해줄 거야.'라고 하면서 참고 견디면 될까요? 아닙니다. 이 안에서도 스토리를 찾으면 또 하나의 의미로 다가올 것입니다. 삶이 달라집니다.

라틴어 속담에 'Vextio storia fia'라는 말이 있습니다. '아픔이 스토리가 되게'라는 뜻입니다. 아픔도 나의 삶이기에 당연히 스토리가 되도록 받아들이라는 것입니다. 이런 스토리가 생각납니다.

1960년대 오스트리아 국적의 수녀님 두 분이 전남 고흥군에 자리한 소록도에 오셨습니다. 그리고 평생 한센병 환자들과 사셨지요. 원래 짧게 머무를 계획이었지만, 맨손으로 환자를 진료하고 밥을 지어 먹이면서 소중한 생명을 지키는 일에 생을 바치셨습니다. 이 두 수녀님은 2005년 건강이 나빠져 고향으로 돌아가십니다. 그때 챙겨 가신 것이 낡은 여행 가방 하나, 그리고 다음과 같은 편지를 남기셨습니다.

"우리는 말해왔습니다. 제대로 일할 수 없고 있는 곳에 부담을 주게 될 땐 돌아가겠다고요. 지금이 그 말을 실천할 때라고 생각합니다. 부족한 외국인으로서 큰 사랑을 받아 대단히 감사합니다. 저희가 마음 아프게 한 일이 있다면 용서를 빕니다."

이렇게 조용히 떠나가셨습니다. 맞습니다. 자기 자리에서 떠날 때는 조용히, 주는 데는 후하게. 그러나 이 세상에 부담을 주지 않는 삶을 사셨던 두 수녀님의 스토리에 우리는 큰 감동을 받습니다.

소통이 잘되는 방법?

　어느 부부 모임에서 한 가지 게임이 진행되었습니다. 4종류의 와인이 있는데, 부부 중 한 명이 각 와인을 마셔본 뒤, 그 와인에 대한 시음기를 적습니다. 그리고 배우자가 이 시음기를 읽은 뒤에 와인을 마시면서 시음기에 맞는 와인을 맞추는 것입니다.

　첫 번째 부부는 와인 애호가 부부입니다. 남편이 시음기를 적는데 '미디엄바디, 오크, 아스디얼, 버터리, 허메이셔스' 같은 전문적인 표현을 써가면서 작성했습니다. 그의 아내는 4개의 와인 중에서 몇 개를 맞췄을까요? 단 하나만 맞췄다고 합니다. 두 번째 부부 차례입니다. 역시 남편이 시음기를 적는데, 영문학과 교수인 남편은 시적 표현을 쓰면서 작성했습니다. 결혼기념일에 여행 갔던 계곡의 물줄기에 비유했고, 어려웠을 때 아내와 고통을 함께 나눌 때의 기쁨을 표현하기도 했습니다. 이 교수의 아내는 하나도 맞추지 못했습니다.

　마지막 부부의 차례가 되었습니다. 결과는 4종류의 와인을 모두 맞췄습니다. 어떻게 해서 다 맞췄을까요? 남편은 이렇게 시음기를 적었습니다. "가장 달다." "두 번째로 달다." "세 번째로 달다." "안 달다."

사람과의 소통이 잘 안 된다는 사람이 있습니다. 소통이 잘 안 되는 이유는 무엇일까요? 같은 생각을 공유할 수 있는 말을 해야 하는데, 자기 이야기만 하기 때문입니다. 그러면서 이것도 이해해주지 못하냐고 말합니다.

같은 시간, 다른 시간

지금 2만 원을 받는 것과 한 달 뒤 3만 원을 받는 것 중에서 하나를 선택해 보십시오. 아마 지금 당장 받을 2만 원을 선호할 것입니다. 왜냐면 한 달이나 기다리는 것보다는 적은 액수라도 지금 당장 받는 것이 이익이라고 생각하기 때문입니다. 그렇다면 이런 비교는 어떨까요? 1년 뒤에 2만 원과 13개월 뒤 3만 원을 받는 것 중에는 무엇을 선택하시겠습니까? 아마 대부분 3만 원을 선택하실 것입니다. 1년이나 1년 하고 한 달 더 기다리는 것은 별 차이가 없다고 생각하기 때문입니다. 한 달 더 기다리면 1만 원이 더 생긴다고 하니, 이를 선택합니다.

이 두 상황은 똑같이 1만 원과 1개월이라는 차이를 다루었습니다. 만약 첫 번째 상황에서 지금 당장 받는 2만 원을 선택했다면, 두 번째 상황에서도 1년 뒤의 2만 원을 선택해야 합니다. 그러나 다른 선택을 합니다. 지금의 한 달은 미래의 한 달보다 훨씬 더 큰 차이로 느껴지기 때문입니다.

같은 시간이지만 이렇게 다른 시간으로 받아들여질 수 있습니다. 그렇다면 내가 누리는 시간과 남이 누리는 시간 역시 다를 수밖에 없습니다. 중요한 것은 지금 어떻게 시간을 맞이하며 어떻게 사용하고 있는가입니다. 사랑을 실천하는 시간을 만들어야 합니다. 죽이는 시간이 아닌, 살리는 시간을 만들어야 했습니다. 자기 뜻만을 펼치는 시간이 아닌, 우리 모두 함께할 수 있는 시간이 되어야 했습니다.

미룰 시간은 없습니다. 그보다 지금 당장 실천해야 할 시간뿐입니다. 후회와 좌절보다, 나의 욕심과 이기심을 드러내기보다 오로지 지금 사랑에 집중하고 실천해야 할 시간을 사는 우리가 되어야 합니다.

진짜 기적

어느 아이가 심각한 병에 걸렸습니다. 글쎄 전신마비가 오는 병이었지요. 아이는 점점 화를 냈고, 자신의 힘듦을 호소했습니다. 그러나 오랫동안 병원에서 치료했지만, 호전되는 기미는 전혀 보이지 않았습니다. 아이도 또 그 부모도 지쳐만 갔습니다. 그러다가 어느 날 아이가 말합니다. 친구가 병문안을 왔는데, 프랑스 루르드에서 많은 기적이 일어난다는 이야기를 해줬다고 합니다. 부모는 걱정되었습니다. 그 멀리 루르드까지 갔는데, 만약 기적이 일어나지 않으면 아이가 더 크게 실망하지 않을까 싶었습니다.

얼마 뒤, 그래도 아이가 간절하게 원하니 루르드에 가게 되었습니다. 그런데 이곳에서 아주 특별한 체험을 할 수 있었습니다. 글쎄 아이가 엄마에게 이렇게 말하는 것입니다.

"엄마, 저 대신 저쪽에 앉아 있는 저 아이를 낫게 해 달라고 기도했어요. 저보다 훨씬 더 많이 아프고 고통스럽게 보이잖아요."

이제까지 다른 사람의 아픔을 보지 않았던 아이였습니다. 그런데 루르드에 와서 처음으로 남을 위해 기도하고, 배려하는 모습을 보이는 것입니다. '이기심'이라는 병이 치유되었음을 알 수 있었습니다. 그리고 아이는 이때부터 자신의 병을 받아들였습니다.

진짜 기적이란 이런 것이 아닐까요? 인간적 측면에서 자기를 아프게 하는 모든 병이 치유되어야 기적처럼 보입니다. 하지만 자신의 아픔을 받아들이고 동시에 남의 아픔에 함께하는 마음을 갖는 것이야말로 진짜 기적이었습니다. 이로써 진정한 마음의 평화를 얻을 수 있었기 때문입니다.

영화를 보면 주연배우만 있지 않습니다. 만약 주연배우 1명만으로 만들어진 영화라면 재미가 반감될 수밖에 없습니다. 영화에는 조연도 필요하고, '행인 1' 같은 엑스트라도 있어야 합니다. 그래야 영화의 내용이 풍성해집니다.

우리 삶도 마찬가지입니다. 주연의 역할도 또 조연의 역할도, 엑스트라의 역할도 모두 필요합니다. 물론 나의 세계 안에서는 자신이 늘 주연이지만, 함께 사는 세상 안에서는 어떤 역할이든 모두 소중하다고 할 수 있습니다. 그런데 우리는 어떤 상황에서든 늘 주연이 되길 바랍니다. 그래서 자기 뜻과 다르면 틀렸다면서 잘못된 사람으로 취급하기도 합니다.

우선 최고의 연출자이신 하느님의 뜻을 알아야 합니다. 영화에서도 감독의 뜻을 제대로 알아야 배우들이 제대로 연기할 수 있습니다. 감독의 뜻이 마음에 들지 않는다고 하면 그 영화에 함께할 수 없습니다. 감독의 뜻은 전혀 알지 못하면서 자기 뜻대로만 하겠다면, 그 영화는 망칠 수밖에 없습니다. 감독은 아무리 그 배우가 최고의 배우라고 한들, 그 영화에서 배제할 수밖에 없습니다. 우리 삶 안에서 하느님의 뜻을 알고, 따라야 하는 이유도 이와 비슷합니다. 이 세상은 하느님 뜻에 맞춰서 흘러가는 곳이기 때문입니다.

미국 소설가 이디스 워튼은 빛을 퍼뜨릴 수 있는 두 가지 방법을 말했습니다. 촛불이 되거나, 그것을 비추는 거울이 되는 것이라고 합니다. 주연급의 촛불도 빛을 퍼뜨릴 수 있지만, 조연급의 거울도 빛을 퍼뜨릴 수 있습니다. 그래서 하느님과 함께하는 삶 안에서 어떤 삶이든 감사할 수 있습니다. 하느님과 함께하며 그 뜻을 따를 때, 커다란 작품이 나오기 때문입니다.

잘 아는 사람이 로또에 당첨되었다면 어떻게 바라볼 것 같습니까? 엄청난 행운아라고 하면서 부러워할까요? 지금 내가 힘드니까 도와달라고 부탁할까요? 진심으로 축하의 인사를 하겠습니까? 그의 행운에 배 아파하는 것이 아닐까요?

로또 당첨은 814만 5,060분의 1의 확률이라고 하지요. 불가능한 확률을 뚫고서 당첨된 것은 분명히 엄청난 행운이라고 할 수 있습니다. 그렇다면 이보다 더 힘든 확률을 극복한 사람은 어떨까요? 더 엄청난 행운아가 분명합니다.

바로 우리 각자가 그 엄청난 행운아입니다. 한 아기가 이 세상에 태어날 때, 남자가 가진 1억 개의 정자 중 단 하나의 정자만이 난자를 만나게 됩니다. 즉 우리 각자는 1억분의 1의 확률을 뚫고서 세상에 태어났습니다. 로또 당첨보다도 어려운 확률을 극복해서 지금 이 자리에 있는 것입니다. 여기에 여러분의 부모가 만날 확률을 따져보면 더 낮아질 수밖에 없습니다. 또 여러분의 할아버지 할머니가 만날 확률까지 더해보면, 지금 우리의 존재는 거의 기적이나 마찬가지입니다.

저는 지금 사제로 살아갑니다. 사제가 되기까지 과정을 생각해보면 이 역시 기적입니다. 이렇게 부족한 제가 하느님의 일을 하며 살 수 있다는 것, 하느님의 큰 사랑 없이는 불가능한 일임을 깨닫습니다. 자기 삶을 부정적으로 바라보는 사람이 많아 보입니다. 그러나 따져보면 기적만이 계속 주어지는 삶이었음이 분명합니다. 자기 삶의 기적을 제대로 봐야 합니다.

종교의 힘

　현대 심리학의 기초를 놓았다고 할 수 있는 칼 융을 잘 아실 것입니다. 1920년대에 칼 융은 알코올 의존증 환자를 치료했는데, 1년간 계속해서 치료했음에도 전혀 치료 효과를 볼 수 없었습니다. 결국 칼 융은 두 손 두 발 모두 들고 포기하면서 그에게 이렇게 말했습니다.

　"잘 들으세요. 환자분은 제게 돈을 낭비하게 할 뿐입니다. 솔직히 당신을 어떻게 도와야 할지 모르겠어요. 더는 도와줄 수 없습니다. 딱 한 가지 희망은 당신이 종교에 귀의하는 것입니다. 종교에 귀의해서 술을 끊는 사람이 종종 있기 때문입니다."

　이 환자는 종교를 갖게 되었고 실제로 술도 끊었습니다. 얼마 후, 자기처럼 엄청나게 알코올 의존증에 빠진 친구를 만났습니다. 그리고 친구에게 자기 이야기를 전해주면서, 친구도 종교를 가지면서 술을 끊을 수 있었습니다. 이런 식으로 사람들에게 종교의 중요성을 전하면서 술을 끊게 했고, 이 모임으로 '알코올 의존증환자협회'의 모임이 만들어졌습니다.

종교의 힘은 과학의 힘보다 훨씬 강합니다. 그런데 하느님의 존재를 의심하면서, 대신 눈에 보이고 귀에 들리는 것만을 믿겠다는 사람이 많습니다. 자기의 부족함과 나약함을 잘 알면서도, 자기 기준으로만 바라보니 부족한 결과를 가져올 수밖에 없습니다.

가톨릭 신자라는 사실이 자랑스러울 때가 있습니다. "역시 천주교 신자는 달라도 뭐가 달라."라는 말을 들을 때입니다. 그러나 부끄러울 때도 있습니다. "천주교 신자가 왜 그래? 일반 사람과 다를 바가 뭐 있어? 오히려 위선자 아냐?" 등의 말을 들을 때는 침묵하게 됩니다. 이런 말씀을 드리기는 합니다.

"예수님께서 의인이 아니라 죄인을 부르러 오셨다고 하셨습니다. 그래서 죄인처럼 보이지만 회개하고 다르게 살려고 노력하는 사람일 것입니다."

전교는 나의 삶에서부터 시작됩니다. 아프리카에서 헌신적으로 생활하셨던 고 이태석 신부님으로 인해 얼마나 많은 이가 하느님을 믿기 시작했습니까? 김수환 추기경님의 가난하고 소외된 이에 관한 관심과 사랑으로 천주교에 입교하신 분이 정말 많습니다. 그 밖에도 자기 삶으로 전교하신 분이 얼마나 많은지 모릅니다.

길거리 나가서 전교하는 것보다 묵묵히 삶으로 하느님을 증거하는 삶이 더 중요합니다. 즉 천주교 신자는 달라도 뭐가 다르다는 말을 들을 수 있는 삶을 살아야 하느님께서 명령한 전교 사명을 충실히 따르는 것이 됩니다.

기쁜 소식을 어떻게 전하고 있습니까? 전혀 기쁘지 않게 살면서 사람들에게 엉뚱한 소식만 전하는 것이 아닐까요?

집중의 핵심은 관심입니다

인간의 집중력이 발휘되는 시간은 어느 정도일까요? 어떤 연구 결과를 보면 15분이라고 하더군요. 그래서 강의할 때, 15분마다 분위기를 바꿔야 계속해서 집중시킬 수 있다고 합니다. 그런데 충격적인 연구 결과도 봤습니다. 2015년 마이크로소프트가 의뢰하고《타임스》에서 토론한 연구에 따르면 평균 집중 시간 범위는 8초라는 것입니다.

결국 인간의 집중력은 생각보다 형편없다는 사실을 잘 알 수 있습니다. 그러나 본인이 관심을 갖고 스스로 집중력을 키우려고 하면 달라집니다. 재미있는 드라마를 보다가 '다음 이 시간에'라는 자막과 함께 광고로 넘어갑니다. 시계를 보면 1시간이 정말 빠르게 지나갔음을 알 수 있습니다. 또 영화도 그렇습니다. 영화 상영 시간이 2시간 넘는 것도 많습니다. 집중되지 않는다면서 15분씩, 또는 8초씩 쉬었다가 상영하는 경우는 없습니다.

집중력은 스스로 키울 수 있는데, 관심을 두고 집중하면 됩니다. 사랑에 대한 집중력도 마찬가지입니다. 사랑이 점점 줄어지는 것은 사랑에 대한 관심이 없어지면서, 사랑에 집중하지 못하기 때문입니다.

몇 년 전, 속도위반 범칙금 통지서를 받은 적이 있습니다. 사실 과속을 잘 하지 않는 편입니다. 내비게이션을 보면 안전 운전 점수가 나오는데, 그 점수가 95점이 넘습니다. 그만큼 과속하거나 또 급정거나 급가속도 하지 않습니다. 그래서 속도위반 범칙금 통지서는 너무 낯설었습니다. 그래서 어디서 위반했는지 살펴보니 너무 잘 아는 곳입니다. 자주 지나가는 곳이어서 그곳에 과속 감시카메라가 있다는 점도 잘 알았습니다. 더군다나 운전할 때, 늘 내비게이션을 켜놓으니 요란한 경고음도 들었을 것입니다. 그런데도 속도위반을 왜 했을까요?

아마 익숙한 곳이었으니, 그 순간 다른 생각을 했던 것 같습니다. 그래서 카메라의 존재도 잊어버리고, 경고음 소리도 듣지 못한 것입니다. 만약 다른 생각을 하지 않았다면, 또 조금만 신경을 썼다면 이런 실수를 하지 않았겠지요.

이렇게 집중하지 못하면, 그릇된 결과를 낳을 수 있습니다. 사랑에 집중하지 못하는 것도 어쩌면 자기 마음속의 경고 소리를 계속 무시하면서 세상의 흐름에만 맡겼기 때문은 아닐까요?

잠에서 깼는데 목과 어깨가 너무 아팠습니다. 잠을 잘못 잔 것 같습니다. 시간이 지나면 저절로 풀리겠지 했는데 점점 더 아픈 것입니다. 그다음 날 강의가 있기에 걱정이 되었습니다. 목을 조금만 움직여도 고통이 느껴져 움직이기가 너무 힘들었기 때문입니다. 강의에 대한 걱정 속에 강의가 있는 성당에 갔고, 걱정을 품고 강의 연단에 섰습니다. 그런데 신자들이 제 강의에 너무나 적극적으로 반응해주셔서 아주 신나게 강의할 수 있었습니다.

90분 동안 쉬지 않고 강의했습니다. 그리고 돌아오는 길에 깜짝 놀랐습니다. 아팠던 목과 어깨의 통증이 사라진 것입니다. 조금도 움직이기 힘들었던 딱딱하게 굳은 목과 어깨가 완전히 풀린 것이지요.

이렇게 집중하면 새로운 결과를 가져옵니다. 그러나 우리는 불편한 마음을 가지고 집중하지 못할 때가 많습니다. 그 집중이 불편한 마음을 해결할 수도 있는데도, 불편해서 집중할 수 없는 것을 당연하게 여깁니다.

사랑에 집중할 수 있어야 합니다. 불편한 마음보다 편하고 기쁜 마음을 간직하면서 지금을 잘 살 수 있습니다.

'했다 치고'라는 말

초등학교 1학년 수업 시간에 선생님께서 다음과 같이 말씀하셨습니다.

"종이에 사람을 그리세요. 그리고 그 사람에게 나쁜 말을 하며 종이를 구겨 보세요. 이제 좋은 말을 하며 종이를 다시 펼치세요. 어때요? 구겨졌던 흔적이 그대로 남아 있죠? 그래요. 나쁜 말을 하고 나면 나중에 아무리 좋은 말을 해도 상처가 완전히 없어지지 않는답니다. 그러니까 친구한테 나쁜 말을 하면 안 되겠지요?"

아이들은 이 말을 듣고서 친구한테 나쁜 말을 쓰지 않겠다는 결심을 했을 것입니다. 그런데 말로만 "친구한테 나쁜 말 하면 안 돼요."라고 말했다면 어떠했을까요? 그냥 듣기만 하고 반대쪽 귀로 흘려버리지 않을까 싶습니다. 사실 이런 예는 아이들에게만 도움이 되는 말이 아닙니다. 어른 역시 새겨들어야 할 말입니다. 구겨졌던 흔적은 절대로 없어지지 않는다는 것, 그래서 나쁜 말과 행동을 통해 아픔과 상처를 주는 삶에서 벗어나야 한다는 것입니다. 그 흔적은 내게 고스란히 전달되기 때문입니다.

이렇게 예를 들어서 이야기해주는 것과 그냥 서술식으로 이야기하는 것은 분명히 다릅니다. 특히 상대방이 말보는 제대로 이해하지 못한다면 어떻게 할까요? 또 상대방이 그 말을 잘 이해할 수 있도록 하려면 어떻게 하겠습니까? 당연히 예를 들어서 쉽게 설명합니다. 특히 사랑한다면 더 쉽게 설명할 수 있는 방법을 찾으려고 할 것입니다. 그러나 우리는 실천 대신 머릿속으로만 편하고 쉬운 것을 선택하려 합니다.

어느 사람이 몸이 좋지 않아 병원에 가서 이것저것 진단을 받았습니다. 검사 결과는 아주 안 좋았습니다. 당장 수술을 해야 하고, 한동안 꾸준히 약을 먹어야 한다고 의사 선생님께서 말씀하셨습니다. 그런데 이 사람은 의사 선생님 말씀에 이렇게 대답했습니다.

"저는 수술을 무서워하기 때문에 받을 수 없습니다. 그리고 약도 평소에 먹지 않기에 먹지 않을 것입니다. 그냥 수술했다 치고, 또 약을 먹었다 치고 빨리 낫게 해주십시오."

말이 될까요? 당연히 그렇지 않지요. 그런데 우리가 이런 모습을 자주 보입니다. 이 세상 안에서 잘 살고 싶고, 또 행복해지고 싶다고 말합니다. 그러나 말로만 아무것도 하지 않고 가능할까요? 말로만 '했다 치고….'라는 식의 말을 하는 어리석은 사람이 되지 말아야 합니다. 편하고 쉬운 것이 문제의 해결을 가져오지는 않습니다.

신앙이란?

어떤 무신론자가 있었습니다. 신을 믿는 사람을 어리석다면서 늘 비웃던 사람이지요. 그런데 어느 날 등산에 갔다가 미끄러져서 절벽 아래로 떨어지고 말았습니다. 하지만 불행 중 다행이라고 떨어지던 중에 간신히 나뭇가지 하루를 움켜쥐고 매달리게 되었습니다. 그는 큰 소리로 "사람 살려!"라고 외쳤습니다. 너무 외진 곳이라 그럴까요? 아무도 그의 목소리에 대답하지 않는 것이었습니다.

평소 신이 없다고 주장했던 자신이었지만, 없다고 했던 그 신이 실제로 있어서 자기를 살려줬으면 싶었습니다. 그래서 "하느님, 살려주세요. 만약 살려만 주신다면, 당신을 굳게 믿겠습니다."라고 간곡한 기도를 바쳤습니다. 바로 그 순간 어디선가 희미한 소리가 들렸습니다.

"살려면 그 나뭇가지를 놓아라."

이 소리에 어떻게 응답했을까요? 하느님의 음성이라고 믿고서 손을 놓았을까요? 아니었습니다. 그는 즉시 이렇게 반응했습니다.

"미쳤어요? 이 나뭇가지를 어떻게 놓아요?"

현재 이 무신론자에게 나뭇가지가 하느님이었습니다. 그래서 절대 놓을 수 없었습니다. 하지만 시간이 지나고 손에 힘이 빠진다면 어떻게 될까요? 하느님이라고 믿던 나뭇가지를 놓을 수밖에 없을 것입니다.

신앙이란 결국 내려놓을 수밖에 없는 것을 쫓는 것이 아닙니다. 영원히 붙잡을 수 있는 것, 또 붙잡아야 살 수 있는 것이 바로 신앙의 뿌리입니다. 따라서 세상의 논리는 내려놓고 하느님의 말씀을 듣는 것, 그리고 실천하는 것이 신앙입니다.

예전에 휴대전화 가게 앞을 지나가다 보면 이런 글을 많이 볼 수 있었습니다.

'휴대폰 공짜, 거저 드립니다.'

솔직히 공짜 휴대전화가 있을까요? 약정, 부가서비스 등에 가입하다 보면 결국 제값 내고 휴대전화를 사는 셈입니다. 또 길거리에 '공짜'를 외치면서, 안 사면 손해이고 바보라고 말하면서 지금 밑지고 파는 것이라는 장사꾼을 종종 봅니다. 정말로 손해 보면서 물건을 파는 것일까요? 아파트값이 곧 올라서 커다란 이득을 볼 수 있다더라, 어느 주식을 지금 사면 거저 돈 버는 것이라는 말도 심심치 않게 들립니다. 이런 불로소득이 세상에 진짜로 가득한 것일까요?

반백 년 넘게 살면서 나름 깨우친 것이 있다면, 세상에 공짜는 없다는 사실입니다. 그리고 큰 손해를 보는 사람의 공통점은 땀 흘려 얻은 것이 아닌 공짜만을 생각하더라는 것입니다.

신앙인도 하느님께 공짜를 바랍니다. 땀 흘려 노력할 것은 전혀 생각하지 않으면서 하느님께서 자기에게만 아무것도 주지 않는다고 이야기합니다. 자기 사랑만을 외치고, 자기가 원한 것만 채워 주시는 하느님을 원하고 있습니다. 그런데 이런 공짜 심보가 과연 하느님의 마음을 움직일 수 있을까요?

사실 하느님께서는 우리에게 많은 것을 공짜로 주십니다. 하지만 공짜가 진짜로 내 것이 되기 위해서는 무엇인가가 필요합니다. 그냥 저절로 내 것이 되지는 않습니다. 바로 흔들리지 않는 믿음입니다.

아이처럼

　우리 성당에는 어린이들이 다른 성당에 비해 많이 나옵니다. 어린이 미사에는 150명 이상의 아이가 나와서 얼마나 예쁘게 미사를 하는지 모릅니다. 그리고 아이들 눈에는 제가 나이 든 아저씨로만 보일 텐데도 거부하지 않고 먼저 다가옵니다. 멀리서 저를 보면 뛰어와서 별로 중요하지도 않은 이야기를 속사포처럼 내뱉습니다. 길을 걸을 때는 제 손을 꼭 잡고 있습니다. 여기에 어떤 어색함도 없습니다. 마치 제 손이 자기 손이라도 되는 것처럼 아주 편안하게 손을 잡습니다.

　문득 이런 생각이 들었습니다. '내가 누군가의 손을 이렇게 편한 마음을 가지고 잡은 적이 있었을까?' 아이의 손을 잡을 때는 불편한 마음이 없습니다. 만약 다 큰 성인의 손을 잡고 걷는다고 생각해 보십시오. 남자의 손이면 '신부님이 이상하다?'라고 할 것이고, 여자의 손을 잡고 있으면 역시 '신부님이 이상하다?'라고 할 것입니다. 보는 사람의 마음도 불편해지고, 저 역시 불편해집니다. 하지만 아이의 손을 잡고 있으면 너무나 편합니다.

아이에게 솔직하고 진실하고 순수한 마음이 있기에 편한 마음으로 받아들일 수 있는 것입니다. 그러나 성인이 되는 순간 순수한 마음은 퇴색하고 서로 편할 수 없게 됩니다. 어린이처럼 되지 않으면 하느님 나라에 들어갈 수 없다는 예수님 말씀이 확 와닿습니다.

유치원생인 아이 엄마가 제게 이런 말을 해줍니다.

"우리 아이가 신부님 보고 싶다고 졸랐어요."

이 말에 기분이 좋아지고, 또 그 아이가 너무나 예쁘게 보입니다.

아이의 모습을 보며 어렸을 때의 기억이 하나 떠올려 봅니다. 한겨울 동네 친구들과 놀던 중에 추우면 햇볕이 잘 드는 담벼락에 나란히 기대서 햇빛을 온몸으로 받아들였던 기억입니다. 그러면 따뜻한 것은 물론이고 기분도 좋았습니다. 그래서일까요? 아직도 그 기억이 생생합니다.

중학생 이후 그렇게 담벼락에 기대 본 적이 없습니다. 오히려 햇볕에 얼굴이 타지 않을까 싶어서 그늘만을 찾았습니다. 햇볕은 나를 따뜻하게 해주는 것이 아니라, 나를 태워버릴 것처럼 생각했던 것 같습니다.

이 기억이 떠올려져서 사제관 베란다에 나가서 따뜻한 햇볕을 느껴보았습니다. 그 햇볕이 좋았습니다. 햇빛이 천천히 피부를 통과해 스며들고 빛과 따뜻함으로 몸 전체가 채워지는 기분이었습니다.

햇볕을 맞기 위해 먼저 햇빛이 비치는 담벼락에 기대 서 있어야 하는 것처럼, 사랑 앞으로 먼저 나가야 합니다.

어떤 준비?

컴퓨터를 만진 지가 벌써 40년이 넘었습니다. 처음 컴퓨터를 접할 때만 해도 비싼 게임기 정도로만 생각했는데, 이제는 없어서는 안 될 생필품이 되었습니다. 특히 모든 글 작업과 강의 자료 등을 컴퓨터 안에 담아두기에 컴퓨터는 제게 없어서는 안 될 중요한 것입니다. 그런데 1999년에 바이러스 감염으로 인해 모든 자료를 잃어버린 경험이 있습니다. 하드디스크 손상으로 애써 써 놓았던 글과 자료가 모두 없어졌습니다. 몇몇 데이터 복구 가게에 들렀지만, 어느 곳에서도 복구할 수 있다는 대답을 들을 수 없었습니다.

그 뒤에 데이터 백업이 얼마나 중요한지 깨닫게 되었습니다. 혹시 모를 미래를 위해 보조 하드디스크에 계속해서 저장해 두었습니다. 물론 그 뒤로 한 번도 하드디스크 손상으로 데이터를 잃어버린 적은 없었지만, 지금도 뜻밖의 상황을 대비해서 계속해서 백업합니다. 특히 요즘에는 보조 하드디스크뿐만 아니라

웹 하드에도 보관해서 만일의 사태에 대비하고 있습니다.

이런 제 모습을 바라보며, 이 세상 삶을 마치고 하느님 나라에 갈 준비를 어떻게 해야 할지 떠올려 봅니다. 아직도 멀었다고 하면서 조금의 준비도 하지 않는 것이 아닐까요? 언제 죽음을 맞이할지 사실 아무도 알지 못합니다. 그렇기에 그 나라에 들어갈 준비를 또 하느님 나라에 재물을 쌓는 노력을 평상시에 계속해야 합니다. 만약 아무것도 하지 않는다면 갑작스럽게 다가올 그날에 크게 후회할 수밖에 없을 것입니다. 백업이 중요한 것처럼, 하느님 나라에 들어갈 준비를 계속해야 합니다.

우리는 모두 반드시 죽어야 하는 존재입니다. 지금 지구상에 사는 사람 중에서 150년 뒤에도 살아 있을 사람이 있을까요? 의학, 과학의 발달로 혹여나 그런 일이 가능할지 모르겠지만, 아무리 기술이 발전해도 이 세상에서 영원히 사는 게 불가능함은 명백한 사실입니다. 그런데 세상 사람들은 마치 절대로 죽지 않을 것처럼 살고 있습니다. 그래서 죽음 앞에서 억울하다고 말하곤 합니다.

아이들에게 선물을 나눠줄 때가 있습니다. 그러면 너도나도 서로 먼저 받으려고 합니다. 첫 번째 아이가 받는 선물과 마지막 아이가 받는 선물이 똑같은데도 말이지요. 선물은 좋은 것이므로 되도록 먼저 받으려는 것입니다. 그렇다면 죽음 뒤에 있을

'영원한 생명'이라는 선물을 생각해 보았으면 합니다. '영원한 생명'이라는 선물은 반드시 받아야 한다고 말하지만, 아직은 아니라고 생각하는 것이 아닐까요? 세상 것이 더 좋다고 생각하기 때문입니다.

지금까지 살아오면서 가까운 이의 죽음을 계속 보았고, 그들과의 만남이 계속해서 이어지지 않기 때문에 죽음을 피하고 싶어 하는 원인이 되는 것 같습니다. 하지만 그 너머에 있는 '영원한 생명'을 봐야 했습니다. 그곳에서 참 기쁨을 누리는 사랑하는 사람을 봐야 했습니다.

결국 죽음은 하나의 '문'이 아닐까요? 갓난아기가 엄마 뱃속에서 나올 때가 '문'이었습니다. 이제 우리는 또 하나의 '문'을 향하고 있습니다. 이 '문'은 더 의미가 있는 또 더 큰 기쁨이 있는 하느님 나라로 들어가는 문입니다. 그래서 지금 우리 삶 안에서 주님의 뜻을 철저하게 실천하는 것이 중요합니다.